JN306616

ファースト・プライオリティー

山本文緒

角川文庫
13812

目次

偏屈	五
車	一三
夫婦	二三
処女	四三
嗜好品(しこうひん)	五五
社畜	六五
うさぎ男	七七
ゲーム	八七
息子	九七
薬	一〇五
旅	一一五
バンド	一二五
庭	一三五
冒険	一四五
初恋	一五七

燗(かん)
ジンクス
禁欲
空
ボランティア
チャンネル権
手紙
安心
更年期
カラオケ
お城
当事者
ホスト
銭湯
三十一歳
小説

偏屈

この春の人事異動で隣の席にやってきた女の子が話しかけてきた。私は報告書を書く手を止めて彼女の顔を見た。

出身大学と学部を尋ねられたので答えると、わあやっぱり、噂で聞いてたんですけど、私もそうなんですよ。この会社って早稲田《わせだ》と慶應ばっかじゃないですか、嬉《うれ》しいなあ。どっかですれ違ってたかもしれないですよね。あ、私駅前のダンキンドーナッツでバイトしてたんですよ。でもダンキンって今はもうなくなっちゃったんですよね。そういえば、先週の歓送迎会いらっしゃらなかったんですか、私捜しちゃったんですよ、とまくしたてられた。

返事をしようとしたとたん、彼女は後ろから誰かに呼ばれて「はーい」と大きく返事をして立ち上がった。まるで私など最初からそこに居なかったかのように、振り向きもせず席を立って行く。

こういうことには慣れっこになっているはずなのに、パソコンの画面に視線を戻すと静かに憤りがこみあげてきた。長年悩んでいる肩凝《かたこ》りのように、ちょっとのきっかけで忘れたり思い出したりする。仕事に戻ろうとしたが、せっかく頭の中でまとまりかけていた文章がバラバラに散らかってしまっていた。

二千人を有する企業のマーケティング部に配属になって八年、そのまま三十一歳になった。何年も同じ課で働いている人は、もう仕事以外のことで私に話しかけてこなくなったが、知らない人はああして一方的に世間話をふってくる。親しくなろうとしてくれているのだと頭では分かっているが、感情の方がどうしてもついていかない。

会社での私は「偏屈で人嫌い」で通っているようだけれど、それはちょっと違うと思う。偏屈なのは認めるが、決して人が嫌いなわけではないのだ。ただ世間話と社交が苦手なだけだ。長年の鍛練の末、口角を微妙に上げて微笑んでいるかのような顔をつくれるようにはなったけれど、今ではかえってそれがいけなかったのかもと思う。徹底して仏頂面をしていれば、面倒を半分に減らせたに違いない。

私はスーツのポケットの中から耳栓を取り出して、その黄色いスポンジを指先でくるくるまるめて耳に詰めた。席に戻って来た先ほどの女の子がぎょっとした顔をした。どうでもいい話で十五分時間が潰《つぶ》れたら、それだけ残業しなければならなくなる。しかも変にちょっと親しい雰囲気になったら、お茶だのお酒だの誘われて、それをまた相手の機嫌を損ねないように断る手間を思うと、死ぬほどうんざりした。

子供の頃の方が私はずっと大人だったように思う。クラスメート達のお喋《しゃべ》りに合わせて無理して笑ったり、誘われれば興味のないアイドルのコンサートにも行ったりした。友達扱いしてくれる人に嫌われるのが恐く、楽しくなくても楽しいふりをした。けれど、まわりにいる大勢の人達への「なじめなさ」は年々大きくなってきて、最近では会社の宴会にしぶしぶ出たりすると、上司のプロ野球談義や説教や、それに合わせて適当に頷《うなず》いている若い子達に殺意さえ覚える時がある。

が、何も私は誰も彼もに殺意を抱いているわけではない。一対一でじっくり話すのは割と得意だし、勉強も仕事も嫌いどころか面白いと思ってやってきた。だからほんの少しだけれど「偏屈で人嫌い」の私にも友達と呼べる人がいる。幼なじみの友人が一人と、就職してから必要に迫られて通いはじめたコンピュータの専門学校の人が一人。学生時代には同級生の男の子と付き合っていたし、今の恋人とはそろそろ二年になる。

肩を叩《たた》かれて顔を上げると、違う課にいる同期の男性がにっこり笑っていた。ジェスチャーで耳栓を外せと促された。

「あいかわらずだね、君も」

彼のことは嫌いではない。用件だけをさくさく言ってくれるから。

「邪魔して悪い。和泉《いずみ》さんの結婚式の二次会のことなんだけどね。同期でお金出し合って何か贈ろうってことになったんだ。とりあえず僕が立て替えておくから。会費込みで一万五千円くらいって考えといて」

　同期の女の子が来月結婚する。これで何度めだろう。その度に私はお祝いを包み、休日を一日潰して、心にもない祝いの言葉を口にして、二次会の会費と祝いの品物のカンパを募られている。

　お金が惜しいわけではない。その二次会の幹事というのは私でない誰かが骨を折ってやってくれているのだろうし、プレゼントを買いに行くのだって私じゃない。そういうことに明らかに向いていない私の性格をみんな分かってくれて、だから「あんたは金だけ出せばいい」と許してくれているのだ。

　有り難いことだと思わなければいけない。それは私だけが掃除当番を免除されているようなものなのだから。けれど思ったことと裏腹に、自分の口から出た台詞《せりふ》はこうだった。

「結婚式にも二次会にも行かないし、プレゼントのお金も出さない」

　思わず大きな声が出てしまった。まわりの視線がこちらに集まる。彼は目を瞠《みは》ってから小声になって、「和泉さんと仲悪かったっけ？」と聞いてきた。

「休みの日は休ませてって言ってんの。人が結婚するのは自由だけど、なんで関係ない私を巻き込むわけ?」

声を荒らげると、隣の席の彼女があたふたと逃げて行くのが見えた。

残業を終えて終電間際の電車でへろへろになってアパートに帰り着いた。ドアを開けた瞬間、暗い部屋の中で留守番電話のランプがぴかぴか光っているのが見えて、私はコンビニの袋ごとどさりとキッチンの床にへたり込んだ。

偏屈な私に電話をしてくるのは、もはや母親か恋人しかいない。友達二人は私が電話に出ないことを知っているので、連絡はメールでくれる。母親か恋人かどちらにしても聞くのが億劫《おっくう》だった。

わずらわしい。私はジャケットも脱がず、長い時間うなだれていた。私だけが悪いのだろうか。私は異常なのだろうか。

この前、幼なじみにやんわり指摘されたが、確かに私はただ漠然と生きてきた。内心いやだいやだと思いながら、何も選ばず流されてきたように思う。自分の学力で入れる学校へ行き、内定をくれた企業に入った。食わず嫌いはいけないと思い、誘われたら何でも断らずにやってきた。でも私はいつもヘマをしてしまう。年配の女性が「私はもうおばさんだから」と言うと「そうですね」と思わず言ってしまうし、太めの女の子が「もう少し痩《や》せなきゃ」と言うと「そうだね」と言ってしまう。せめて黙っていればいいのだと自分に言い聞かせても、どうやらそれは歴然と顔に出てしまうらしい。

今の恋人はみっつ年上の無口な人だ。君のその不器用なところが好きだと言ってくれていたのに、私が続けて何度かデートを断ったら（疲れていたので）、突然ものすごい剣幕で「最初の頃の可愛げはどうした。演技だったのか」となじられて啞然《あぜん》とした。あとで「ストレスが溜《た》まってたんだ」と謝っていたが、この頃同じことが繰り返されている。母親の電話も、私を心配しているという口実の下、父親の悪口を聞いてくれる相手がほしいとしか思えない。

私には関係ない。もうやめてほしい。

一人ぼっちだなと感じた。誰も私に賛同してくれる人はいない。

すると急に、ある納得がじんわりと脳に染みてくるのが分かった。みんなはこの孤独をまぎらわせたくて、ぱくぱくとよく喋るのだろうか。

だったら私は孤独でいいと思った。立ち上がり、留守番電話のメッセージを聞かずに消した。

翌朝出社してすぐ部長を捜したら、部長の方も私を捜していて、朝の九時半から私達は小会議室で向き合う形になった。

私は明け方までかかって書いた手書きの辞表を差し出した。入社以来あれこれと世話を焼いてくれた部長は、自分の広い額を掌《てのひら》でぴしゃりと叩き、驚いた時のその彼の癖に私は思わず笑ってしまった。部長はすかさずこちらを睨《にら》む。

「どうしてみんなの前じゃ、そうやって笑わないんだ?」

一瞬返事に窮して、それから答えた。

「可笑《おか》しければ私だって笑います」

「そんなに会社がつまらんか」

「仕事は面白いです」

部長は耳たぶを掻《か》いてから一気に言った。

「あんたは仕事はできる。会議の時は別人みたいに発言するし、冗談言って人を笑わせることだってある。だけど、社員旅行は新人の時に一回行ったきりだし、忘年会も歓送迎会も顔を出さん。その辺まではちょっと変わってる奴で済まされるかもしれないが、最近デスクで耳栓してるんだって?」

返事の代わりに、部長がテーブルに投げ出した辞表に私は目をやった。

「そんなんじゃどこ行ったってうまくやってけねえぞ。自分一人で生きてると思うなよ」

乱暴な口調は嫌味ではなく、哀れみの響きさえあった。

「そうですね」

働くのが嫌いなわけではない。人が嫌いなわけでもない。だったら捜せばきっと耳栓をしなくてもいい場所がどこかにあるはずだ。なかったらないでもう構わない。

いやなもんはいや。許してくれなんて一度だって頼んでない。おかげさまで生きてるわけじゃない。可笑しいときだけ私は笑う。こんな簡単なことだったのかと思うと、楽しくてにやけ笑いがおさまらなかった。

車

私は車に住んでいる。別にすき好んで車に住んでるわけじゃないのだが、いつの間にか帰る家がなくなってしまったのだ。きっとホームレスのおじさんもこんな気分なんじゃないかなと私は想像する。ただ何となく星のめぐりあわせが悪くて、気がついたらそこまで流されていたという感じ。

でもまあ私は、自分で言うのも何だけれど今のところ裕福だ。乗ってる車はＢＭＷコンパクトだし、そこそこの給料をくれる会社に勤めてちゃんと車のローンも払っているし、クレジットカードも携帯電話もエスティ ローダーのスキンケアシリーズも持っている。入っているスポーツクラブなんかプラチナ会員だし。

「おはようございます。いつも早いですね」

オープン時間の六時ちょうどにクラブのカウンターでチェックインすると、揃いの白いポロシャツを着た体育会系の男に大きな声で挨拶《あいさつ》された。おめーはこんな早朝からなんでそんなに元気なんだよと内心思いつつ曖昧《あいまい》に笑っておいた。今やこのスポーツクラブは私の銭湯と化している。プラチナ会員だと月会費は一般の人の三倍だけれど、早朝六時からラストの十一時まで無制限だし、専用ロッカーとバスタオルと駐車場が無料になる。私は最近一日おきにここにやって来て、とりあえずアリバイ的にひと泳ぎしてから、朝の空《す》いたジャクジーで体をほぐし、シャワーブースで頭から爪先《つまさき》まで念入りに洗って、リラクゼーションルームで一休みしてから化粧をして、車に乗ってご出勤というわけだ。

埋め立て地にある職場まで道が空いていれば三十分。余裕を持って出るので、その電機部品工場の巨大な駐車場がまだ半分も埋まっていない時間に私は着く。そこから通路だのエレベーターだのパスワード付きの頑丈なドアだのタイムレコーダーなどを経て、ロッカールームにたどり着くのに早足でも十五分。ドアを開けると珍しく先に来ている人がいた。

「それが会社に来る恰好《かっこう》?」

紙コップのコーヒーを啜《すす》っていた先輩が、粗末なソファにだるそうに腰掛けて笑いながら言った。制服があるのをいいことに、最近私の通勤服はジャージ上下である。

「先輩こそ昨日とおんなじスーツ」

「うん。彼氏と泊まっちゃってねえ」

「お子ちゃまは大丈夫なんですか。あ、いけない、ストッキング切らしてた」

「大丈夫じゃないんだけど、ま、姑《しゅうとめ》がいるから死にはしないでしょ。これあげる」

話しながら着替えていた私に、先輩は自分のロッカーを開けて通販で大量に買い置きしてある一足百円計算のストッキングをサラでくれた。彼女は洗濯が嫌いで、これを毎日はき捨てているのだ。

「あ、すいません。助かります」

「ついでと言っちゃ何なんだけど、今晩また送ってもらっていいかしら」

「お安い御用っすよ」

そこで工場の若い子達が元気に挨拶をして入って来たので、私達はもう口をきくのをやめて黙々と着替え事務所に向かった。

仕事はルーティン。だからってわけじゃないけどやっぱり眠い。でも量だけはあるから居眠りしてる暇はない。端末に数字を打ち込んで、電話をとって上司に伝えて、苦情のファックスを優先順に棚に入れていく。もう八年近くやっているので頭使わなくても勝手に体が動くけど、それが余計に眠い原因かも。ここに就職して最初の三年は工場のラインにいて、そこだって単純作業だったけれど絶対ミスしちゃいけないし、一人がトロいとみんなに迷惑がかかったから緊張感があった。総務に転属になった時はあんなに嬉《うれ》しかったはずなのに。だるそうなのは私一人じゃなくて、課長以下係長もヒラもストッキングをくれた不良主婦の先輩も女の子達も、誰もかれもが順番にあくびをしている。

移されたあくびを堪《こら》えつつ郵便物を仕分けていると、自分宛の茶封筒を見つけた。月に一度律儀に届く定期便は実家の母からだ。特に何の感慨も覚えず開封すると、いつも通り一月分の私宛の郵便物が入っていた。ほとんどがダイレクトメールで、目を引いたのは高校時代の同級生の花嫁姿の葉書と、自動車税の納税通知書だった。

三年前に車を買ってから、突然人生があらぬ方向に動きだした。元彼に言わせれば「転落」だそうだが、私自身はよく分からない。生まれて初めて買った車がBMWで、しかもほとんど衝動買い。彼氏に付き合って何となく行った中古車屋で、新車同然のそれと出会った時、まだ私は実家から会社に通うお気楽なOLだったので、よく考えもせず貰《もら》ったばかりのボーナスをまるまる頭金にして即買いしてしまった。今思えば、真面目といえば真面目、でも俺らの老後はよろしくなと顔に書いてある両親と長年暮らしていて鬱憤《うっぷん》が溜《た》まっていたんだと思う。快適な走る個室を手に入れた私は、だんだんと家に帰らずドライブついでに彼氏の部屋に泊まることが増えてゆき、何度か路上駐車で切符を切られた後、とうとう彼氏の部屋のそばに月四万も払って駐車場を借りる始末。そしてある日、着替えを取りに一週間ぶりに家に帰った時父親と遭遇してしまい、爆発した親父が「もう帰って来るな」と怒鳴って寺内貫太郎ばりに私を縁側から突き落としたので、これ幸いと私はそのまま家を出た。親はそのうち帰って来るだろうと高をくくっていたようだが、もう本当にまる二年帰っていない。

その後彼氏との同棲《どうせい》は一年と少し続いて破局を迎えた。転がり込んだ方の私が言うのも何だけれど、よくそれだけもったと思う。シングルベッドが部屋の半分を占領する狭いワンルームにいい大人が二人暮らすのはきつい。スイートな時期はあっという間に過ぎて、彼は次第に私の存在に苛々《いらいら》を募らせていったようだが、「出ていけ」とは言えない気の弱さと優しさにつけ込んで、私は知らん顔で居ついていた。けれどある夜、彼の剃刀《かみそり》で私が腋《わき》の処理をしているのを発見し、彼はほとほと疲れた顔で「車を売れば駐車場代とローンの分で自分の部屋くらい借りられるだろう」と言った。その通りなのはとっくに分かってはいたのだが、私は車を手放したくなかった。彼氏を手放しても。

不良主婦が良くない恋愛活動を終えるのを待つ間、私は都内をぐるぐるドライブした。曲がったことのない交差点を曲がり、入ったことのない路地を入ってくるくるハンドルを切る。車って楽しいな。くるくる回って一方通行で出られなくなる時もあるけど、それはそれでまた楽しい。自転車の中学生や車を避《よ》けようって気がないおばちゃんにぶつけてやりたいと思う時もあるけど思うだけ。

元彼の部屋を出てから、とにかく安い部屋をどこか借りようとはしてみたけれど、貯金ゼロの私はまず敷金礼金から貯めなくてはならず、それには車を手放すしかなく、それも嫌だと問題はいつまでたっても解決されなかった。そして賃貸情報誌を買う気をなくしたある日曜日、私はフリーマーケットを回って寝袋とフリースのヤッケを買った。

とっくに、彼氏の部屋のそばの月四万なんていう駐車場を解約していた私は、夜、高速道路のサービスエリアや郊外の公園の駐車場に車を停め、後部座席に置いた寝袋で本格的に寝るようになった。性別が分からないように、以前窓に下げていたマスコットも捨て、後部座席にスモークを貼っておいたが、何度かしつこく車を揺らされたり、ちょっと飲み物を買いに出た時変な男にあとを尾《つ》けられたり、恐い思いをしたこともある。

泣いたことがないとか、疲れないとかいったら嘘だが、私はそんな感じでとうとう一冬を凍死することも強姦《ごうかん》されることもなく越してしまった。自由なんて言葉は薄っぺらいけれど、こうなるともう、部屋を借りる必然性が感じられなくなって今に至る。

助手席に投げてあった携帯が鳴って、私はそれを取り上げた。先輩が酔っ払ったテンションの高い声で、西麻布《にしあざぶ》の交差点にあるアイスクリーム屋の名前を告げた。毎晩不倫にクラブに飲酒にと、子供と夫を放って遊び回っている先輩のエネルギーは大したものだ、と前に言ったら、三十一にもなって帰る家がない方がよっぽど大したものだと笑われた。彼女は帰りたくないから遊び回っているのかと思っていたが、そうではないのかもしれない。他人《ひと》って不思議だ。

十五分で西麻布に着くと、先輩はちょうど店から出てきたところで、いつものように何も言わずに助手席に乗り込んできた。プンと酒の匂いが鼻をつく。

「帰ります?」

私が尋ねると、彼女は子供のようにこっくり頷《うなず》いた。彼女の家は都心から電車で片道二時間はかかる郊外のニュータウンにあり、私はこうして時々遊び疲れた彼女を送ってあげるのだ。そして先輩の家のそばに車を停めて私は一夜を過ごし、翌朝また彼女を乗せて会社に行くというのが最近のパターンになっている。

「先輩、ガス入れていいですか?」

助手席でぐったりしている彼女に尋ねると、黙ったままバッグの中の財布から一万円札を出して、ペロリと私の膝《ひざ》に放ってきた。高速に乗る前に私はスタンドに寄ってガスを満タンにし、その一万円札で支払いをして、お釣とレシートをそのまま先輩に差し出した。彼女は黙ってそれを財布に戻した。

首都高を抜けると高速は今晩いやに空いていて、私は嬉しくなってMDのボリュームを上げアクセルを踏み込んだ。連なるライトの下をステアリングを右に左に切って、タクシーや遠距離トラックを追い抜いてゆく。

ふと気がつくと、隣で先輩が黙ったまま泣いていた。舌打ちしたい気持ちを私は堪《こら》えた。

夫婦

離婚して実家に出戻ってきたら、家も親も猫も何もかもが老朽化していた。高校を出て、東京の専門学校に進学するためこの家を出た時に、もうかなりガタはきていたのだが、今では廃屋と見紛《みまが》うほどだ。でも、手入れされた庭木に囲まれた平屋建ての小さな家の中は、私が住んでいた頃に比べたらずいぶんきちんと片づけられていた。縁側に面した窓は磨きあげられ、薄い合板の廊下には埃《ほこり》ひとつ見当たらなかった。

「お父さんが定年になってから、毎日掃除してくれるからねえ」

それを指摘すると、母は嬉《うれ》しそうに言った。確かに母は昔から整理整頓《せいとん》が苦手で、学校に提出しなくてはならない修学旅行の申込書や、果ては通信簿までなくして、皆に呆《あき》れられたものだった。

私が東京に出ている間に父は長年勤めていた製缶工場を退職し、それで家庭内における父と母の役割が反転したようだ。母は昔と変わらずパート勤めをし、父は母がやっていた家事の一切を引き受けるようになった。

こうして十三年ぶりに一緒に暮らしてみると、彼らの仲の良さに改めて驚かされた。まだ私が娘としてここで暮らしていた時は、たまには言い争いもしていたが、歳をとった二人の間には労《いたわ》りあいの色が濃くなって、会話の内容も言葉づかいも夫婦とは思えないほど優しくなっていた。

「お母さん、このカツオ、頼子さんがわざわざ届けてくれたんだよ」

「まあまあ、嬉しいこと。あとで電話しとかないとね。どうでした、頼子さん」

「大きいお腹して車運転してきたから、駄目だよって叱っておいた。大丈夫だって言ってたけど、帰りは俺が運転して送ってやったよ」

「じゃあお父さん、バスで帰ってきたの？」

「いや、洋平が送ってくれたんだ」

「それじゃ、かえって余計なことしたみたいじゃない」

「そうだよなあ。あ、お母さんおかわりは？」

「ありがとう。半分ほど頂こうかしら」

橙色《だいだいいろ》の灯《あか》りの下、粗末なビニールクロスがかかったテーブルで私達は夕食を摂《と》っている。

私が子供の頃から家にある、花柄の炊飯器まで父が歩いて行って母の茶碗《ちゃわん》にご飯を盛って戻って来た。そこで初めて気がついたように「美帆は？」と父が私の茶碗を覗《のぞ》き込む。

「自分でする。ありがとう」

二人につられて私の口からもトーンの柔らかい声が出た。立ち上がって炊飯器から炊き立てのご飯をよそい、東京にいた頃は太るのを恐れてご飯を二膳《ぜん》食べたことなんかなかったなと考えながら振り向くと、昔よりひとまわり小さくなった父と母が顔を寄せあって何やらこしょこしょ笑っていた。幸せなんだろうな、と思ったとたん涙がこみあげてきて私は慌てて下を向く。すると足元を太った飼い猫がゆっくりと通り過ぎて食卓に向かって行った。

「おや、ミイ。帰ってきたのか」

「初ガツオよ。食べる?」

テーブルには四つの椅子が置いてあり、昔そこには両親と私と弟の洋平が座っていた。猫は大儀そうに椅子に上がると、魚を欲しがるでもなく、ただぼんやりと食卓を囲んだ。歳をとってほとんど歯がなくなった猫のために、父が魚を口の中で咀嚼《そしやく》して、それを顔の前へ持っていってやる。猫はふんふんと匂いを嗅《か》いでほんの少しだけ食べた。

「そうだ、美帆。洋平が電話してほしいって言ってたぞ」

父が急に思い出したように言う。

「ふうん。何だろう」

「さあ、聞かなかったけど」

「あとでしてみる。ごちそうさま。お母さん、洗い物あとで私がやるからね」

「はいはい。どうもありがとう」

両親は夕食を食べた後、テレビの前でお茶を飲んだり季節の果物を食べたりしながら、寝るまでの時間をのんべんだらりと過ごすのだ。私はさすがにそれには付き合う気になれなかった。

台所とカーテン一枚で区切られた脱衣所で服を脱ぎ、私は風呂《ふろ》に入った。昔のままの色とりどりのタイルが貼られた風呂場は、もし東京の友達に見せたらお洒落《しやれ》というかもしれない。夕方に父が先に風呂に入ったので、手桶《ておけ》の上に固く絞ったタオルが置いてあった。湯に浸《つ》かり、高い天井を見上げて息を吐く。

離婚して、この家に帰ってきて一ヵ月がたった。そろそろこれからの身の振り方を考えなくてはならない。私は東京で歯科衛生士をしていたので、探せば地元でも職はあるかもしれないが、しばらくその仕事からは遠ざかっていたい気持ちが強かった。

専門学校を出て最初に勤めた歯科医院は、普通の町にある子供の虫歯なんかを治していた良心的な医院だったが、そこに三年ほど勤めた後、仲間の女の子達と行ったデンタル関係のパーティーで、私は夫となる人と知り合った。温和な外見と裏腹に野心を持っていた彼は、新しく開業する審美歯科のスタッフとしてきてくれないかと私を誘った。自分で言うのも何だが、二十四歳だった私は面白いほどよくもてて、彼が私を見初《みそ》めてくれたのはすぐ分かった。会った翌週にはもう私と彼は高層ホテルのダブルベッドの中にいて、彼のクリニック開業と同時に私達はそのホテルで大きな披露宴をした。

幸せだった時期がなかったわけではない。医院を開業したばかりの頃は、巨額の設備投資の元を取って利益を上げるため、彼も私もスタッフ達も寝る間を惜しんで働いた。裕福ではなかったけれど、休診日前に夫と仲間達で飲みに出たりした時は、皆で馬鹿話をし、夢を語りあった。

歯車が狂いだしたのは、ありがちではあるが医院が軌道に乗りだして、賃貸マンションを出て一軒家を買い、その庭先に外車が二台並んだ頃だった。夫に不満があったわけではない。ただ私は不安になったのだ。君がいると若い子達が窮屈そうだと夫に言われ、確かに私は彼が若い衛生士の女の子に手を出しはしないかと無用にピリピリしているのを自覚していたので、見るから余計気になるのだとクリニックの仕事を辞めた。夫にそろそろ子供をつくろうと言われたので、それがいいのかもと素直に納得した。けれどなかなか子供ができなくて不安は大きくなるばかりだった。

ちょうどその頃、両親が親戚《しんせき》の結婚式で上京してきたので、うちに二泊してもらった。父と母は私の夫が苦手だったらしく、いくら遠慮しないでと言っても緊張した面持ちで夫にお世辞ばかり言っていた。なのに、彼と私の努力で手に入れた世田谷《せたがや》の一軒家も二台の車も、全然褒めることなく帰っていった。

今思うと、そのことがきっかけだったのかもしれない。私は急速に自分で望んだはずの暮らしが虚《むな》しくなり、昔のボーイフレンドに電話をして恋愛の真似事をした。そうしたら彼の方が本気になってしまい、引っ込みがつかなくなった。だが私にも、夫にこの空虚な気持ちを分かってほしいと思っていた部分があり、だからわざと彼を家に招《よ》んだり、夫がいる時間に電話をかけさせたりして、すぐに私の不倫は夫の知れるところとなった。

当たり前だが夫は許してはくれなかった。それどころか彼はお金の入った分厚い封筒を私によこし、田舎に帰れと嗚咽《おえつ》を堪《こら》えながら言ったのだ。私は夫の言うとおりにするしかなかった。

風呂から上がると、母が電話で誰かと楽しそうに話していた。私に気がつくと、受話器をこちらに差し出してくる。留守番機能もついていないダイヤル式の電話機だ。受話器からは弟の声がした。

「姉ちゃん、暇だったら明日から三日ばっか、店手伝ってくんないかな」

いきなりそう言われて、私は戸惑った。

「パートのおばさんが、法事で休むって言うんだよ」

「……別にいいけど」

「じゃ、頼んだよ。四時に迎えに行くから」

そう言って弟は電話を切った。四時とは夕方ではなく朝のことだ。ではもう寝ておかなくてはと思って顔を上げると、父はステテコ姿、母は変な柄のムームーみたいな服を着て、畳の上でテレビに向かい大きな声で笑っていた。台所の流しには、私がやると言ったのにもう茶碗と皿が洗って伏せてあった。


本当に朝の四時に迎えに来た洋平は、私の顔を見てちょっといやな顔をした。

「化粧なんかすることないのに」

「うん、まあ、いつもの癖で」

いいけどね、と呟《つぶや》いて弟は軽トラックに乗り込む。彼は港近くの市場で練り製品の卸し売り業をしていて、小さいながらも社長なのだ。三年前に結婚して、今奥さんのお腹の中には臨月を迎える赤ん坊が入っている。両親同様、なんという地に足が着いた生き方だろう。黙々と夜明け前の道を運転する弟の横顔に私は聞いた。

「ねえ、お父さんとお母さんって、なんであんなに仲がいいんだろうね」

「さあねえ。夫婦だからじゃない」

さらりと言われて私はまたもや混乱する。そんな姉の気持ちを知ってか知らずか、彼は淡々と市場の駐車場に車を停めた。私は弟の後について、濡《ぬ》れたコンクリートの上を魚の匂いと、早朝とは思えない喧騒《けんそう》に包まれた市場の中を歩いた。大きな段ボールを積んだ手押し車にぶつかりそうになって慌てて避《よ》ける。

「お、きれいな姉ちゃん連れてんな、洋平」

日焼けした若い男が威勢よく言った。

「血のつながった本物の姉ちゃんだよ。もう三十一」

「へええ、似てねえなあ」

どぎまぎして弟の後についていくと、大きなお腹にエプロンをし、ゴムの長靴を履いた彼のお嫁さんがいた。にっこり笑って挨拶《あいさつ》してくる。妊娠しているとはいえ、彼らの結婚式で会った時より明らかに太って美しくなくなっていた。

違う、と私は思った。こうなりたくなくて、私はこの街を出たはずだった。なのに何故私は彼らが羨《うらや》ましいのだろう。

私は踵《きびす》を返し、早足で市場の出口に向かった。背中からさっきの男が「姉ちゃん、嫁にこねえか」とからかうような声で言った。

処女

ているような気がする。

三十一歳で処女なのは姉のせいではない、と殊更思うこと自体がもう既に姉のせいにしているような気がする。

二歳年上の姉と私は生まれてからこの歳までずっと一緒に住んでいて、どちらも結婚する気配は微塵《みじん》もないので、これからも死ぬまで一緒に暮らしそうな勢いである。もともと片方（母親）しかいなかった親は五年前にあっけなく心不全で亡くなった。けれどもそのずいぶん前から我が家の主権は姉が握っていたので、母の死は別段私達の生活に影響を及ぼさなかった。

姉の容貌《ようぼう》は一言で形容すると女子プロレスラー。合気道と空手の有段者ではあるが、まあ本物の女子プロに比べたら小粒である。それに今時の女子プロは女としても人間としても魅力的な人が多いので、そういう意味で姉は世間の人達が持っている類型的な女子プロレスラーのイメージというだけで、ただの色気のない三十三の独身女だ。子供の頃から髪を短く刈り上げ、銀縁の重そうな眼鏡をかけ、体育大の合気道部を引退してからむくむくと太りだし、化粧どころか日焼け止めクリームも塗らないので今や顔や首筋や手の甲はシミだらけである。しかしそんなことは一向に気にする様子もなく、ぱんぱんにはち切れそうな事務服を着て会社のデスクでスポーツ新聞を広げる姉。そんな姉に実は私はそっくりなんである。しかも私達は同じ会社に勤めている。彼女は私が専門学校を出る直前に、社長に妹を雇ってくれと直談判《じかだんぱん》してくれたのだ。それまでの就職活動で二桁《けた》会社を落とされていた私は姉に感謝するしか術《すべ》がなかった。

「ミニラちゃん、お茶っ葉切れてるんだけど」

悠々と朝のコーヒーを飲んでいる姉にではなく、昨日の続きの伝票集計をやっている私に営業部長が言ってきた。私は黙って立ち上がり戸棚からストックのお茶の袋を取り出した。

「ついでに四つ淹《い》れて会議室に持ってきてもらっていい？　お客さん来てるんだ」

姉ならこういう時「手が離せないので自分でやってください」と躊躇《ちゅうちょ》なく言えるのだろう。でも私はゴジラの子分のミニラなので仏頂面をしながらも頷《うなず》いてしまう。

手早くお茶を淹れ会議室に持って行って会釈もせずにそれを客達の前に置いた。昼前までに今やっている伝票を終えたかったので足早に外へ出てドアを閉めると「不細工な事務員でんなあ」という客の声が聞こえた。それに部長が声をひそめ「あれよりすごいのがうちにはおるですよ」と答えていた。

デスクに戻ると姉はやっと新聞を畳み、煙草をくわえたままパソコンを立ち上げていた。そして仕事モードに入った彼女は、話しかけたらぶっ飛ばされそうな勢いで自分の仕事をこなしていった。姉がゴジラと陰で呼ばれているのはその風貌だけではなく、誰よりも集中して（というか誰も邪魔できない）端から仕事を片づけ五時きっかりに帰ってゆくからだ。私はそんな姉のとばっちりをくらい、お茶だのコピーだのお使いだのを頼まれてなかなか定時までに仕事を終えられない。姉はもちろん私の仕事を手伝ってくれたりはせず、定時になると「五時だ」と独り言にしては大きな声で言い、さっさと更衣室に消えてゆく。すると小さな事務所全体がほっとした空気に包まれるのだ。やっと遠慮なく無駄話をはじめた上司やパートのおばちゃんに私は混ざることなく、とにかく一刻も早く仕事に区切りをつけ、遅くとも姉の一時間後には会社を出る。電車の中で、冷蔵庫の残り物に何を買い足して今晩の夕食と明日の朝食と昼の弁当にしようか考え、私鉄駅前のスーパーで買い物をして家に帰るのだ。姉は五時に会社を出てから、アルバイトで小学生に合気道を教えているので帰りは八時頃になる。私はそれまでに夕飯をテーブルの上に並べておかなければならない。

こんな生活が母親が生きていた頃から延々と続いていて、たぶんこれからも続いていくのであろう。家は祖父の代から住んでいるボロ家《や》だけれど一応持ち家でローンはないし、二人の給料と姉のアルバイト代で今のところ生活の心配はない。そして私達は暗黙の了解の下に節約に節約を重ね、老後の資金を貯めている。まあ節約といっても私達には最初から「贅沢《ぜいたく》」という単語がインプットされていないので、最低限の生活必需品と食費以外は金の使い道がないのだが。服も靴も銀行口座も、おそるべきことに下着まで私達は共用している。別々なのは歯ブラシくらいだ。

「お、いい匂い。今日は何？」

姉がいつもの時間に帰って来て、台所を覗《のぞ》きそう聞いてきた。

「小鯵《こあじ》のよさそうなのが売ってたから南蛮漬けにした。あと、そら豆とエビの炒《いた》め物《もの》と、カボチャとアーモンドのサラダ」

「じゃあ風呂《ふろ》入ってくる」

姉は道着を全自動の洗濯機に放り込んでから（あとで干すのは私の仕事だ）ゆっくり風呂に浸《つ》かり、上がってきて冷蔵庫からビールの大瓶を出した時に料理が全部できあがっていないとものすごく不機嫌になる。彼女にとって一日の楽しみはこの瞬間に凝縮されているからだ。

今日も姉は着古したTシャツ一枚で風呂から上がってくると鼻歌まじりにビールを取り出し栓を抜いた。私はそれと同時にやっとの思いで炒め物を皿に盛って姉の前に置いた。

会社を出てから一度も腰掛けていない私は台所の椅子に崩れた。

「あんたも飲みなよ」

珍しく姉が私にビールを勧めた。今日はかなり機嫌がいいようだ。

「これ見て、これ。合気道教室の母親に貰《もら》ったんだけどさ」

姉は旅行のパンフレットらしきものをぺらりとよこした。モノクロ刷りで写真もないそっけないものだった。

「ホノルル六日間、九万九千円?」

「八月にその値段は安いでしょ。なんか旦那《だんな》が旅行代理店に勤めてて、それ社員割引のツアーなんだって。いつもお世話になってるからその値段で行かせてくれるって言ってた」

「そうなんだ」

力無く私は答えた。姉の唯一の贅沢は年一回の旅行で、それは大抵会社が暇な夏に行くことになっている。姉はどうやらそれを本気で楽しみにしていて、毎年こうやってどこか格安ツアーを見つけてきた。私はこの姉とリゾート地に行って楽しいと思ったことは一度もないが、断る方が面倒なので行くことにしている。

姉は会社ではほとんど誰とも(私とも)口をきかないが、家に帰るとその分饒舌《じょうぜつ》になった。あいかわらず話題は会社の人達や合気道教室の親子達の悪口だったが、私は黙って聞いていた。姉の言葉にはいつも悪意が溢《あふ》れていたが、その指摘はだいたい的を射ていて、今日私が忙しいのに客にお茶を淹れたことも案の定叱られた。

パートのおばさんにはよく「あんたはお姉ちゃんから離れないと恋人もできないよ」と言われるが、もし姉から離れて恋愛をして結婚をしても、生活そのものは今の状況と大して変わらないのじゃないかなと私は思うのだ。家の主《あるじ》への尊敬と畏怖《いふ》とある種の諦《あきら》めと安心に支えられている、特別楽しいわけではないけれど、特別不満もない毎日。結婚したらそれに子供がプラスされるのかと思うと、その方が憂鬱《ゆううつ》だった。

姉には短い期間だったが恋人らしき人がいたこともあったようだが、何度か電話を取り次いだことがあるだけでいつの間にか付き合いはなくなった。私は姉のノーブラのTシャツから透ける露骨な乳首を眺めながら、この人が処女なのかそうでないのか考えたが分からなかった。点《つ》けっぱなしのテレビがバラエティ番組から恋愛ドラマに変わると、彼女は無表情にリモコンでチャンネルを野球に替えた。野球にも恋愛ドラマにも興味のない私は、おかずを食べ終えつつある姉に漬け物でも出そうと立ち上がった。

私には恋人どころか好きな男もできたことがなかった。人としてどこか重大な欠陥があるような気がしないでもないけれど、誰に迷惑をかけているわけではないし、別に無理をしているわけでもない。恋愛というのはテレビや映画の中だけの話で、それはまるで大麻や覚醒剤《かくせいざい》みたいなものだ。この世に実在するらしいことは知っているが私達の狭い世界とは別のところにあるものだった。男は恋愛の相手がいないと風俗で初体験をするらしいが、私にはそこまでして性体験をしたいという衝動もなかったし、友達の手前いつまでも経験がないのも恥ずかしいと二十歳くらいの女の子がテレビで言っていたのを見たことがあったが、幸か不幸か私には友達がいなかったので見栄も張らないで済んだ。私には姉しかいなかった。

「これ、うまいじゃん」

私がぬか床から出してきた茄子《なす》の漬け物をつまむと姉はそう言った。

「まだ浅漬けってとこだけどね」

「いや、うまいよ。私が男だったらあんたみたいな嫁さんをもらいたいねえ」

そんなことを言われて、私は全身の毛穴がぞわりと震えるのを感じた。ほろ酔いでにやけた姉の顔は、遠い記憶にあるいつも酒臭かった父の顔を思い出させた。しかしその感情の波は驚くほどすぐにおさまった。

私は姉がいなければ生きていけないだろうかという疑問が浮かび、すぐその答えがノーと出たからだった。姉が突然死んでも私は生きていける。けれど私が死んだら姉はどうだろう。

私達は今、特に仲がいいわけではないが、悪いわけでもない。私も姉も同じランクの有段者なので、本気で憎しみ合ったらどっちか死ぬなと私は確信した。姉が勝つとは限らない。もしかしたらこんな私でも、いつか結婚する日がくるかもしれないと、そんな予感を生まれて初めて持った。

嗜《し》好《こう》品《ひん》

あなたの健康を損なうおそれがありますので吸いすぎに注意しましょう、と煙草のパッケージに書いてある日本語を読み上げると、有希はつむっていた目を開けた。清潔なシーツと羽根枕に埋もれた彼女の白い顔の中で、両目と短い髪だけが黒く光っている。

「そういえばマサル、煙草吸ってないね」

「やめたんだよ」

「ええ？　どうして？」

「どうしてって言われてもね。いろいろしがらんでんの、俺だって」

「ふうん。大変だね」

　裸のままベッドから体を起こすと、彼女は僕の手から煙草の箱を奪った。ホテルのマッチで火を点《つ》けおいしそうに吸う。香ばしい匂いに、禁煙を始めたばかりの僕は一瞬その理由が分からなくなった。そうだ、僕の住むイギリス北部の都市の、僕が属するコミューンでは煙草を吸う人間がほとんどいない。日本に比べたら一箱の値段は倍以上だし、一昨年結婚したイギリス人の妻が妊娠したので、これを機会にやめることにしたのだ。そうすれば妻に嫌がられることもないし、生まれてくる赤ん坊のためにもいい。すると仕事先での印象までよくなり、マサルも大人になったねとまで言われた。

「無理にとは言わないけど、年に三日くらい我慢はやめたら」

セックスのあとの気怠《けだる》く優しい声で有希が言った。その一言で僕はあっけなく、差し出された煙草をくわえてしまった。彼女がマッチをすってくれ、掌《てのひら》の中にできた炎に顔を寄せると、カーテンを閉ざした部屋の中に有希の慈愛に満ちた微笑みが浮かび上がった。その顔が人間ではないように神々しく見えてぞくりとした。明け方に吸ったマリファナがまだ残っているのかもしれないと思いながら、有希が中学生の時から吸っていた日本のメンソール煙草を吸い込んだとたん、僕はむせた。

「すごいハードなの吸ってたんだな」

有希は目を細めるだけで答えなかった。

日本とイギリスでそれぞれ家庭を持つ有希と僕は、年に一回、四泊だけアムステルダムのホテルで一緒に過ごす。二十四歳の時から続いているその密会は彼女の出産で一度だけキャンセルになったことがあるが、今回で六回目だ。他人の話だったらずいぶんとロマンティックだと思うだろうが、身も蓋《ふた》もなく言ってしまえば、彼女も僕も年に一度、日常生活から解放され、法律に怯《おび》えることなく、マリファナと不倫のセックスにふける時間を得たいだけだった。

一年ぶりに会った晩は、毎年とにかく手近のコーヒーショップで買い出しをしてから、あとはセックスと短い睡眠を延々と繰り返す。三十六時間ほどそうして過ごすとやっとお互い平常心を取り戻し、服を着てレストランにでも行こうかという気になるのだ。

「三日じゃ足りないよ」

四泊といっても一緒にいられる時間は実質三日間だ。毎年恒例となっている僕の愚痴を、もう彼女は真剣にはとりあわない。鏡に向かって化粧をしながら横顔だけで笑っている。

「足りないくらいがちょうどいいよ」

これも恒例の返事。できた、と言って有希が立ち上がる。もう三十一になるというのに、細いドレスを着た胸とおなかはぺったり平らで、とても一児の母親とは思えなかった。ひょろりと背だけが高く、会うたび髪が短くなっていって今はもうベリーショートだ。大人っぽいのか子供っぽいのか、彼女にはちぐはぐな魅力があった。美人というわけではないが、頭と愛想のいい人だ。

「俺達なんで結婚しなかったんだっけ」

思わずこぼした独り言に彼女はまた笑った。

「それも毎年言ってるよ」

夏が終わって観光客がいなくなった運河沿いの道を、僕達は散歩をかねてゆっくりレストランに向かった。日本から来た有希は薄闇の中でコートの前をかきあわせ、嬉《うれ》しそうに「寒い寒い」と繰り返した。

「マサルは仕事と家庭の調子はどう？」

「うまくいってる。赤ん坊ができたんだ。先週分かった」

「わ、おめでとう。よかったね」

「ありがとう。なんかまともな会話で複雑な気分だけど」

僕の言い方に有希は可笑《おか》しそうに肩を揺らした。僕と彼女は中学三年の終わりに半年だけ付き合っていたことがある。僕は太いズボンと高い襟の学ランで、教師からもカツアゲするような不良というよりはチンピラで、彼女は外見は普通でも、教師とはもちろんのこと、クラスメートとも必要以上は口をきかず、人を無視するか睨《にら》みつけるかどちらかしかできない問題児だった。まったく今の彼女からは想像もつかない。

中学を出ると、高校受験もしなかった僕は親の陰謀でロンドンに住む叔父《おじ》のところに飛ばされた。日本に置いておいたら、いつ犯罪者になるか分からないと思ったのだろう。しかし親の思惑はそう外れず、何事も干渉せず、かといって何も与えてはくれない独身で変わり者の叔父の家で、僕は持て余していた苛々《いらいら》がだんだんと静まっていくのを感じた。普通に学校へ行って勉強をするようになり、休みには大半の学生がするように、僕もヨーロッパ中をあちこち貧乏旅行した。

有希とはその間も細々と、僕が旅先から出す絵葉書のほかにも、バースデイやクリスマスのカードの交換が続いていた。僕が徐々に更生していく間、彼女も彼女なりに他人との折り合いをつける方法を見つけ、楽しくやっているようだった。そして二十四歳の時、彼女から「仕事でアントワープに行くので、その帰りにどこかで会えないか」と連絡がきたのだ。アムステルダムを指定したことに、それほど他意はないつもりだったが、今思うとこういう関係を僕は望んでいたのかもしれない。

そして約十年ぶりに再会した有希は、いつもピリピリしていた神経質な女の子から、アパレルメーカーのバイヤーとして穏やかな笑顔で現れた。もう彼女はひとまわり年上の男と結婚していたが、そんなことは構わなかった。中学生の時、訳が分からないまま服を脱いでお互いを貪《むさぼ》りあった時の感触が蘇《よみがえ》った。彼女も最初からその気だったようだ。

もう日本に戻る気がない僕と、仕事と家庭を手放す気がない彼女は、こうして年に一度会うことを約束した。彼女が日本からホテルの予約と支払いをし、現地での飲み食いは僕が出す。ホテルは年々高級になっていったので、それに伴って僕もレストランのランクを上げるべく、仕事に励み家庭を持った。何もかも有希を安心させるためだった。

「そういえばトヨエツって誰？」

老舗《しにせ》のインドネシアレストランで炒《いた》め物《もの》を食べながら僕はふと思い出して聞いた。

「俳優よ。なんで？」

エビの殻をむくのに忙しい彼女は顔を上げずに問い返す。

「飛行機で隣だったのが日本人の女の子でさ、似てるって言われた」

「あー確かに似てるかも。気になるならメールで写真送ってあげようか」

「いや……キムタクとかいうのより男前？」

「マサルが一番男前。たまには日本に帰ってくれば？」

エビにナンプラーを派手にかけ、彼女はそれにかぶりついた。おいしそうに咀嚼《そしやく》する。

「そうしたら一緒に暮らしてくれる？」

いつもなら笑って流す僕の台詞《せりふ》に、有希はフォークを置いて正面から僕を見つめた。

「もし本気で言ってるなら、それは絶対ないよ。そうしたらここへ来る意味もなくなる」

彼女が日本の生活がうまくいっていなくて、何かむしゃくしゃして麻薬や不倫をしているわけではないのはよく分かっていた。彼女は煙草やコーヒーのように僕が好きなのだ。

「ちゃんと分かってるよ」
ふざけないで僕は答えた。

アッサムのアイスティー、挽《ひ》きたてのコーヒー豆、散歩の途中のショコラ、食後の煙草とブランデー、眠る前のカカオリキュール。そしてセックスの前のマリファナ。一年に一度の情事。彼女は何でも多すぎずに嗜《たしな》む。いつだったか有希は「中毒になる人は何をやっても中毒になる」と言っていたことがあった。仕事でもスポーツでもダイエットでも恋愛でも、彼女のまわりには中毒患者ばかりいるらしい。

最後の晩、真鍮《しんちゅう》のパイプで煙草を吸い込みながら僕は酔いに身を任せた。これをやると体中の緊張がほぐれて、何もかもどうでもよくなる。身も心も弛緩《しかん》し、なのに五感は研ぎ澄まされ、快感が増幅される。世の中がいいことばかりで、過去の罪はみんな許されたように思える。こんなものが日本にあったら、みんな労働意欲をなくすわねと彼女は笑った。

子供までいる彼女が家族になんと言い訳して毎年ここに来ているかは知らないが、まだ何年も、どうかしたら二十年も三十年も先までこうして過ごせそうな予感がした。それでいいはずなのに、僕は彼女を抱きながら、言いようのない快感と痛みを同時に感じていた。妻は僕をこんな気持ちにはさせない。使い慣れた毛布や朝の食卓のパンのように安心させてくれる。彼女にもそういう存在が日本にあるのだろう。

満ち足りて眠り込む有希の顔をしばらく眺め、僕は静かにベッドから立ち上がった。彼女のハンドバッグを取り上げ留め金を外す。財布やハンカチや化粧ポーチと一緒にポケットティッシュを見つけて裏返すと、金融会社の広告があった。きっと街で配られているのだろう。彼女の平凡な主婦としての一面を初めて見たように感じた。僕は最後の一袋になった葉っぱの塊を、買ってきた小さなビニール袋のまま彼女の化粧ポーチの奥に忍び込ませた。発覚したら、彼女が大笑いしてくれるか、二度とここへやって来なくなるか僕には分からなかった。

社畜

会社というところは、二割の優れた人材と五割の平均的人材、そして三割のぶら下がり社員に分けられると聞いたことがある。それでいったら私はたぶん三割の給料泥棒なのだろうと思う。別に卑下しているわけでも何でもなくて、自分が社会人になってから八年間、何をしてきたかを振り返ればそれは歴然としている。大手家電メーカーの通信機器部門で、人に言われたデイリーワークを何も考えずにただこなしてきただけだ。

「吉住さんって案外シャチクだと思わない？」

「あーそうかも。主任とは別の意味でね。理事の姪《めい》っ子《こ》らしいし」

「よく見ると全身ブランドだもんね」

「一見もっさりしているところが、お嬢入ってる」

女の子達の笑い声を、私はトイレの個室でストッキングの膝《ひざ》を抱えて聞いていた。昼食後の眠気に耐えられずに席を外し、蓋《ふた》をしたままの便座に座ってウトウトしていたら、思いがけず自分の噂話を耳にしてしまったのだ。シャチクという単語がしばらく漢字変換できなくてぼんやりし、社内貯蓄のことかな、案外貯金持ってるって言われたのかなと思いながら彼女達の声が遠ざかっていくのを待って、個室を出て手を洗いながら、ふとそれが「社畜」なのではないかと頭に浮かんだ。

昨年建ったばかりの新社屋のぴかぴかのトイレの鏡に映る、コンサバスーツ（でも指摘どおり姉のお下がりの五年前のモガ）の三十一歳の私。流行を外しても追いかけてもいない髪型と化粧の、丸顔で眠そうな目の私。その私をつかまえて「社畜」とは。でも言われてみれば、ものすごく的を射ているように思えて、妙に納得してしまった。

今までの人生あんまり悪口を言われた経験がないのでショックというよりは新鮮で、すっかり眠気のさめた私はやや緊張しつつフロアに戻った。衝立《ついたて》のないだだっ広いオフィスの海にデスクの島が浮かび、そこには午後の会議を控え、いつもより大勢人がいて、わんわんと電話の音やら笑い声が響きわたっていた。

「あ、吉住さん。どこ行ってたの。ちょっといい？」

主任と目が合ったとたんそう言われ、私は慌てて彼の背中を追いかけた。デスクの島でさっきの女の子達が視線だけで「ほらね」という顔をするのが見えた。まだ二十代の真ん中で、宴会は三次会まで行くのが当たり前、朝までカラオケをしてもヘアメイクとスタイリストの人が家にいるかのようにキメキメで出勤してくる元気な彼女達。自分もかつてはああいうふうだったのか、うまく思い出せなかった。そんな何年も前のことではないのに。

私より背の低い主任は、誰もいない喫煙コーナーで立ったまま煙草に火を点《つ》けた。人影はないのに、目はチワワのようにキトキトとあたりを窺《うかが》っている。

「で、どうする？　たぶん今日の連絡会で本決まりになると思うけど」

どうするもこうするも内示が出てるんでしょ、と思ったが口には出さなかった。さっき女の子達に「社畜」と言われた主任はまさにその名にふさわしく、上層部の方針に絶対服従で、それはつまり直属上司が替わったら、掌《てのひら》を返したように新任部長の言うとおりに意見を変える会社の家畜のようである。先月またボスが替わって部内の編成が変わり、彼が得意の掌返しを見せたので、さらに彼の人望は薄れていた。はっきり言って今やこの気の弱い、そのくせ出世のことしか頭にない主任の言うことをまともに聞くのは私しかいないだろう。でもそんなことはどうでもよかった。ただいつの間にか自分の上司が年下になっていることに、多少感慨を覚えるだけだ。

「まあ覚悟しておいてください。僕もできる限りフォローするから」

はい、としおらしく返事をして私は先にデスクへ戻った。そんな私を皆は見ていない顔をして、でも視線の端でずっと追っているのが分かった。

週に一度の連絡会は始まる前から既に空気が淀《よど》んでいた。本部長、部長、課長、課長代理、主任、主任補、私のようなヒラも数名いて、全部で二十名弱か。つい数カ月前までいた本部長は若手を自由にさせてくれる人だったが、それが災いしてライバル社にシェアを侵食されてどこかに飛ばされ、新しいボスが外部から投入された。戦略から些細《ささい》な日々の業務や日報の書き方にまで独断を振り回す本部長はあっという間に皆に嫌われて、彼の出席する会議の雰囲気はいつも重苦しい。私の隣に座った、一年先輩の女性も苛立《いらだ》たしげに手の中でボールペンをくるくる回していた。

彼女は私と違い、二割の優れた人材に入る人だ。何しろこの会社にコネでなくて自力で入ったそうなのだから。うちの会社はここ十年ほど学生が入りたい企業ランキングの上位に必ず挙げられていて、けれど巨大企業なだけにコネ入社も幅を利かせている。ぼうっと生きてきた私などは、自分が不正に横入りしたことにすらしばらく気がつかなかった。

物心つく前に有名私立幼稚園へ入れられ、そのままエスカレーター式に大学まで進んで、そして子供の頃から可愛がってくれた叔父《おじ》が「うちの会社に入ればいいよ」と言ってくれたのでそうしただけだ。その間、居心地が悪かったり違和感を感じたりしたことはなかったが、ただ歳と共に自分が多くの人達よりどれほど恵まれているかということを知るようになると、それはコンプレックスと呼べるくらいには良心の呵責《かしやく》に触れた。何もできない人間であることを私自身が本当は一番よく知っている。そして隣にはエスカレーターではなく自分の足で上ってきた人が座っていて、ノートになにやらびっちりとメモをとっていた。

「では、今申し上げました通り、新サービス立ち上げの現場チーフは加藤主任」

課長が報告書を読み上げると、ぱらぱらと嫌そうな拍手が起こった。主任は無表情を装っているが口元がどこか得意そうだ。

「サブには主任補として吉住さんがついてください。辞令は来週正式に出ます。以上です」

これには皆も驚いたようだった。誰もが私の隣に座っている総合職の女性が適任だと思っていたはずで、何しろ昨日こっそり聞かされるまでは私だってそう思っていたのだ。隣で先輩が露骨にこちらをぽかんと見ている。

「主任が根回ししたのね」

頭のいい人は冷静になるのも早い。彼女はもう驚きを収めてうっすら微笑んでそう言った。会議の出席者は面倒なことには関わるまいと足早に出て行く。私もできればその場を去りたかったが、彼女を無視するわけにもいかなかった。

「私みたいに言うことを聞かないのより、かえって何のスキルもないあなたみたいな人の方が、会社は使いやすいのかもしれないね」

それは嫌味というよりは独り言だった。だから私はただ黙っていた。

「もう分かった。私の居場所はここじゃない。こんなところにいても腐っちゃうだけだわ。辞表書く」

私は何か言おうとして、でも何を言っていいか分からなくてパンプスの爪先《つまさき》を見ていた。新しい企画チームに入る当てが外れてショックなのは分かるが、何もそこまで深刻にならなくてもいいのに。お給料よりプライドが大事なのだろうか。

「いつまでそこに突っ立ってるのよ。いい気になんないで」

そこまで言って彼女は唐突に泣きだした。声をあげて子供のように泣いている彼女を残して、私はおたおたと会議室を出る。そして、中学生の時にも似たようなことがあったなと、忘れていた記憶が蘇《よみがえ》ってくるのを感じた。私はほんの一票、誰かより多く投票されて学級委員になったことがあった。そうしたら一票差で落ちた女の子が泣きじゃくってクラスメートを驚かせた。立候補したわけではなく推薦されたものだったので、そんなにやりたいのなら替わってあげたくて担任のシスターに告げると「そういうものじゃないのよ」と諭されて困惑したのだった。

「吉住、遅ーい」

「ごめんごめん。なんか帰りがけにごたついちゃってさ」

三十分も遅れた待ち合わせのカフェで、学生時代の友人の畑中はすっかりくつろいでもうビールを一本あけていた。

「珍しいじゃん。残業なんて」

「それがね、なんか私、面倒な仕事任されることになっちゃって」

「へーん。今までだってそうだったじゃない」

事情を聞かなくても分かった顔をして彼女は笑った。幼稚園から大学まで延々と十八年間同じ女学院に通い、その後半の十年間、体育会テニス部で一緒だった私達は、もう精神的レズビアンや夫婦の倦怠期《けんたい》みたいな感情も超えていた。

「そうかな」

「そうそう。あんたの取り柄っていえば、打たれた球を拾うだけ拾うことでしょ。全部拾っとけば、攻撃しなくてもいつの間にか試合に勝つ。で、部長を押しつけられる」

ほろ酔いの横顔で畑中は笑った。私はがっくり首《こうべ》を垂れる。

「褒めてんの、それ」

「見合いでもして結婚すれば?」

そうだ、見合いなんか断っても断ってもいくらでもきているのだ。でも考えてみれば、この私がどうしてそれを断っているのだろう。

「ねえ、畑中。会社って面白いね」

妻子を養うため、自分のスキルを生かすため、そう言って働いている人達が聞いたら卒倒しそうだなと思いながら、私はエスプレッソに口をつけた。ここではないどこかではなく、私の居場所はここだった。それはいつだって同じで、私は今立っているコートで打たれた球を、何も考えずに拾うだけなのだ。

うさぎ男

うさぎは淋《さび》しいと死んじゃうの、という歌があったが本当だったのでびっくりした。女友達と大酒を飲んでしまって終電を逃し、その子の部屋に泊めてもらって急いで始発で帰ってきたのに、昨日まで元気だったウサ吉が死んでいた。私は呆然《ぼうぜん》とし、二日酔いでがんがんする頭を抱え、冷たくなったうさぎと共に夕暮れまで床に転がっていた。

ウサ吉との蜜月《みつげつ》は半年しか続かなかった。結婚の約束をしていた彼氏にふられてしまい、ものすごくへこんで街を歩いていた時に、いつもなら目もくれない露店のミニうさぎ売りのおじさんに声を掛けられ、うっかり買ってしまったウサ吉。猫と違って鳴かないからアパートで飼ってもばれないよ、ほらよ可愛いだろ、とおじさんにそいつを手渡されたら、もうノックアウトだった。何しろ洋服でさえ一度試着すると断れずに買ってしまう私なので、腕の中でぶるぶる震えるいたいけなうさぎをそこに置いては帰れなかった。

いざ飼ってみると、なついて甘えてくるウサ吉の存在が、失恋でぼろぼろになった心に沁《し》みた。生き物の手触りとぬくもりが心底嬉《うれ》しかった。アパートに帰るのが楽しくなり、何も予定がなくなった週末もウサ吉がいたから虚《うつ》ろにならずに済んだ。デリケートでストレスに弱く、私の帰りが遅いとすぐ血尿を出してしまうようなひ弱な子だったから気をつけていたのだが、まさか一晩家をあけただけで死んでしまうなんて。

私は泣いた。可愛がっていたウサ吉を死なせてしまったこと、五年も付き合った彼氏に三十歳の誕生日にふられてしまったこと、この歳になっても日銭を稼ぐのに精一杯で貯金はゼロに近く、闇雲に不安で悲しくて、それら全部、自分が駄目なせいだと感じられて、私は一晩中子供のように泣いたのだ。

というのが一年前の私である。

「じゃあまた飼ったら？　俺が買ってやるよ。うさぎでも猫でも亀でも金魚でも」

「しばらく動物はいいや。もう少し広いところに引っ越したら考える」

今日はウサ吉の命日で、写真に供えた水を汲《く》み換えながら私は言った。それに今はそう言ってくれる恋人もいることだし。

「うちの息子はハムスター飼ってんだ。案外可愛くて、酒飲みながらずっと見ちゃうんだよな。俺がいない間におかーさんどんな悪口言ってたか？　なんて聞いちゃってさ」

彼は私が派遣で働いている会社の課長で、四十をいくつか超えている。付き合いはじめた頃から彼は家族の話を屈託なくした。頑《かたく》なに隠されるよりは、家族旅行も法事も子供の誕生日もちゃんと教えてもらえる方が、私としては疑心暗鬼にならずに済んでよかった。

私が二十代の前半でまだエネルギーがあり余っていた頃、これだけはすまいと誓っていたことがいくつかある。恋人代わりにペットを飼うこと、休日に一日中パジャマでいること、一人で牛丼屋に入ること、そして妻子ある人との不倫。なのに三十代になってから堕落の一途をたどっている。

「腹減ったなあ。なんか取るかあ?」

土曜日の午後一時、金曜の夜からずっと私の狭いアパートで、パジャマのまごろごろしている課長が呑気《のんき》に言った。

「でも土曜のこの時間じゃ、ピザもそば屋も時間かかるよ」

「だよなー。着替えて中華でも行くか」

最初の頃は少しでも長くここに引き留めておきたくて、土曜のお昼は私が何か作るか出前を取っていた。けれどそうすると本当に私の策略通り彼は夜までパジャマでだらだらしているので、それはそれでやや鬱陶《うっとう》しく、最近は昼には着替えさせるようにしているのだ。

扉一枚隔てただけの小さいバスルームから聞こえるシャワーの音と鼻歌を聞きながら、私は複雑な思いで靴下の替えを出した。彼女のところで靴下なんか替えていって奥さんにばれないのだろうかと思うのだが、彼は全然気にする様子はない。だいたいパジャマも靴下もひげ剃《そ》りも持ち込んだのは彼自身なのだ。

課長が背広を着直して一緒に家を出ると、二月の空は雲ひとつない快晴だった。風は冷たくても日差しは暖かい。駅までの道を私達は手をつないで歩いた。会社の近くでない限り、彼はいつも手をつないでくれるのだ。

駅裏の路地にある点心の店は課長のお気に入りで、今日もそこに入った。点心といってもそこはどこかの高級中華料理店のコックが歳をとって始めた店で、昼でも二人で五千円以上かかる。でもそのせいで、いつ行っても席があるし、静かでゆっくりできる。

とろとろのフカヒレをれんげですくいながら、私は「あー楽だあ」と改めて思った。お金の心配をしないでいい楽、彼の機嫌を気にしないでいい楽、どうやって彼を結婚におびき寄せるか悩まないでいい楽、おいしいものを邪念なくおいしく食べられる楽。

「もうすぐバレンタインだなあ。チョコレート買ってくれた？」

昼間から二杯ビールを飲んで課長は言った。男の人の方からバレンタインのことを言いだされたのは初めてで私は笑った。

「買ってあるよ。デメルの猫チョコ」

「じゃあ、どっか泊まりに行こうか。クリスマスは悪いことしたから」

クリスマスイヴは子供のために、課長はさすがに家に帰らないわけにはいかなかった。

けれど夕飯は一緒に食べてくれたのだ。全然悪いことなんかない。

「そんなのいいよ」

だいたい彼は金曜だけではなく、平日もちょくちょくうちに泊まって、そのまま会社に行ったりするのだ。

「いや、俺が行きたいんだからいーんだ。どこがいい？　お台場？　横浜？」

「ほんとに？　うれひー。じゃあ横浜っ」

「うれひーか、そーか、インターコンチでいいか」

そう言ってはしゃいでいる四十二歳と三十一歳の私達は、さぞやバカップルに見えることだろう。でもそんなことはどうでもよかった。おなかいっぱい食べて店を出、私は私鉄の改札口まで彼を送った。彼は何度も振り返って投げキッスをしたり猿顔をしてみせたりしてホームへの階段を上がって行った。子供みたいな人だが課長はやはり大人の男だ。その証拠に愛人を淋しくさせない別れ際というものを、彼はよく知っていた。

「気をつけなよ。そいつ、うさぎ男かもよ」

翌週に女友達とまた飲んで、課長とのことをのろけたら彼女は真顔でそう言った。

「へ？」

「あんた言ってたじゃない。うさぎって淋しいと死んじゃうのって。そういう親父、今多いんだから。優しくしてくれる女の子がいつもそばにいないと淋しくていらんないの。あんたのとこに入り浸ってるのは、今までそういうこと繰り返してきたから家庭崩壊寸前で、家の居心地が悪いからなんじゃないの」

前の派遣先で知り合ったその子は、口調は皮肉っぽいが意地悪な人ではない。それどころかぼんやりしている私にいつもぴしりと正論を言ってくれる。そう言われれば、確かに彼のあの甘えぶりと、他人の家に泊まり慣れているそぶりは、だからなのかと納得できた。

「でもいいや。楽だから」

「ま、次の彼氏ができるまでのつなぎだって、割り切ってるならいいけどね」

その夜、私はまた深酒をしてしまい、アパートへの道をふらふら歩いた。彼女は危ないから泊まっていけと言ってくれたが、明日の夜は会社が退《ひ》けた後、例のバレンタインデートなのだ。お洒落《しゃれ》して、下着もとっておきのやつを着けていかないと。

もし課長が友達の言う通りうさぎ男だったとしたら、いっそのこと居心地の悪い家なんか出て私と暮らしてくれたっていいのにと酔った頭でぼんやり思った。あれ、そんなこと考えるってことは私は課長と結婚したいのかな。いやいや、したくないと言ったら嘘だけど、ずっとこのまま仲良くバカップルでいたいから、結婚して浮気されるよりは自分が浮気相手の方が楽しいし楽かもしれないなー、不倫って案外楽勝、などと浮かれながらアパートの鉄の階段をカンカン上る。最後の一段を弾みをつけて蹴《け》ったらその足が滑った。覚えているのはそこまでだった。

次に目を覚ました時、そこは病院のベッドで、母親が怒ったような泣きだしそうな顔でこちらを覗《のぞ》き込んでいた。私は頭を打ってまる一日意識不明だったそうだ。だんだん記憶が蘇《よみがえ》ってくる。私は焦って体を起こし「携帯電話どこ?」と母に迫った。あまりに私の様子がせっぱ詰まっていたせいか、母は怒るのも忘れて私のバッグから携帯を探してくれた。案の定、課長から何度も着信があった。

「病院で携帯使っちゃ駄目なんでしょう?」

母に諫《いさ》められて私は舌打ちをし、急いでベッドを下りる。後頭部と足首がずきずきしたが、「仕事で大事な連絡がある」と、止める母を振り切って私は公衆電話に向かった。壁の時計は夜の九時を指すところで、本当なら今頃私と課長は横浜のホテルでしっぽりやっているところだった。

彼の携帯はつながらない。まさかとは思ったが予約してあった横浜のホテルにかけて課長の名前を告げたら「ご宿泊されています」と言われた。つながないでいいです、と言う前に交換手に電話を回されてしまった。

「はい？」

無防備に電話に出たのは女の人だった。

「どちらさま？」という声は若くて甘いものだ。私は脱力して電話を切った。でもまあ、私もうさぎ男も死ぬよりはマシだったかと笑った。こんな時に笑える自分にもっと笑えて、追ってきた母親が「打ちどころが悪かったか」とうろたえるほど私はゲラゲラ笑った。

ゲーム

人間関係はゲームである。ひいては人生そのものもゲームだという点で僕と彼女の意見は一致していた。彼女、といっても恋人ではなく、僕はゲイなので彼女は性的興味の介入しない友人である。美容専門学校時代の同級生なのでもう付き合いは十三年にも及ぶ。十代の終わりから三十代に至るまでの、精神的にも経済的にも不安定で、かつエネルギーに溢《あふ》れ幸福だった時間の中、僕と彼女は仲間達と共に幾夜過ごしたか分からない。

彼女は僕が知っている女の中では一番魅力的だった。どんなふうにもアレンジできる細くてこしのあるストレートヘアで、バービー人形のような均整のとれた体の上に、切れ長一重瞼《まぶた》で大きな口のファニーフェイスが載っていた。僕はもちろんのこと、仲間達からも彼女はカットモデルに引っ張りだこで、よく雑誌のヘアカタログに登場していた。

そんな外見で遊び好きの彼女は、当たり前だがそれはそれはよくもてた。彼女自身も恋愛するのが大好きだったが、その性格はどちらかというと男性的だった。彼女の恋愛の姿勢は常に攻めであり狩りであった。デートに誘われるよりは誘う方が好きで、自分の部屋に男を招き入れることはなく（そこは前線基地だからだと言っていた）彼女の方から男の部屋を襲撃するのが常だった。簡単にはなびかなさそうな男に周到に罠《わな》をかけ、落としては捨てることに生き甲斐《がい》を感じていた。

しかしそれも過去形である。先月久しぶりに僕のサロンに現れた彼女は、髪の色を黒に戻してストレートパーマをかけたいと言いだしたのだ。

見合いでもすんのか、と冗談混じりに聞いたら、彼女は首を横に振り「好きな人ができた」と言った。それはいつものことである。新しいターゲットを見つける度に、彼女は髪型を変えに来る。時には真っ赤なベリーショートに、時には栗色の巻き毛に変身して、意気揚々とサロンを出て行ったものだ。その日はずいぶん前にカラーリングしたアッシュオレンジが伸びて色あせ、服もただのボーダーTシャツで彼女らしからぬ地味さだった。

「で、今度はどんな男？」

「サラリーマンなのよ、堅気の」

なんとか重工のなんとか冷却装置のなんとか部門に勤めていると彼女は淡々と口にした。

僕は一瞬言葉を失ったが気を取り直して肩をすくめた。

「たまにはそういうのもいいいんじゃない」

「本気なの。結婚したいのよ」

鏡の中の彼女の目が貪欲《どんよく》に光ったが、それは狩った獲物のおいしいところだけを齧《かじ》って捨てようと企《たくら》むものではなく、小判鮫《こばんざめ》のように相手に寄生してやろうと目論《もくろ》む目だった。守りに入りやがって、こいつも普通の女だったか、と思いながらも僕は不愉快を顔に出したりはしなかった。彼女の言う通り髪を染め直し、どんな会社の面接でも通りそうな髪型にカットした。

「つまんない女になったって思ってるんでしょうけど」

ブローをしていると、終始黙っていた彼女がぽつんと言った。

「実は先生とうまくいかなくてメイクの仕事辞めちゃってさ。とりあえず新しい店入ったんだけど、そこも人間関係最悪で。私、あんたみたいに才能あるわけじゃないし」

彼女は数年前、勤めていたサロンを辞めて、ある有名な女性メイクアップアーティストに弟子入りした。口が悪く、客を客とも思わない態度の彼女に指名が入らなくなったのが店を辞めた本当の理由だったようだが、それでも最初は「先生には芸能人やモデルの客が多いからそのコネを盗む」と言って張り切っていた。しかしそれも長続きはしなかったようだ。

「で、その彼の実家、横浜なんだけどさ。お母さんが美容院やってるんだって」

「なるほどねえ」

恋愛ゲームは得意でも、ビジネスゲームのアップステージにはこれ以上あがれないことをどうやら身をもって知ったようだ。彼女も僕と同じ三十一歳だ。しかし男の三十一と女の三十一はずいぶん違うだろう。流行《はや》りの服と化粧で、新しいクラブをまわって飲んだくれるのが似合う歳ではない。彼女がもうゲームを終えて安息の場所に住みたいと思うなら、僕が言うことは何もない。

「見てみたいなあ、そのリーマン」

優しい気持ちと淋《さび》しい気持ちの半々でそう言うと、僕の持つブローブラシを振り払って彼女がこちらを睨《にら》みつけた。そういえば彼女のボーイフレンドを、僕が横取りしたことがあったなと思い出す。

「心配しなくたって取らないよ」

呆《あき》れてそう付け加えたが、彼女はくすりとも笑わなかった。

それから三カ月後、僕は夜半の電話で彼女に相談があると呼び出された。深夜二時のファミレスで、彼女はやめたと聞いていた煙草を顔をしかめて吸っていた。堅気の男との慣れない付き合いに手こずっているのかと思ったら、相談は身も蓋《ふた》もないものだった。

「やったらやんなったあ？」

耳を疑った。僕が正面に座ったとたん、彼女が唐突にそう言ったのだ。

「ちょっと待てよ。今までやってなかったのか」

「そうなのよ。寝なくても一緒にいるだけで幸せでさ。向こうも迫ってこなかったし、あー大切にされてるんだ、なんて思っちゃって」

「ばっかみてえ」

「そうなの。本当に馬鹿だった」

涙まで浮かべて彼女は唇を噛《か》んだ。染めた黒髪はぴっちりまとめられ、やけくそ気味な厚化粧と色あせたトレーナーがちぐはぐだった。

話を聞くと、先週そのリーマンの誕生日があって二人で初めて温泉旅行に行ったそうだ。ところがいざ事に及んでみると、ラ・ペルラの下着で挑んだ彼女に反して、彼は子供が穿《は》くような白ブリーフで、明らかに素人童貞で、信じられないほど下手なセックスだったそうなのだ。で、魔法を解かれたシンデレラのように（と彼女が言った）みじめな自分が布団の中に取り残され、彼に対する愛情があっさり冷めてしまったという。

「ま、人間誰しも血迷うことはあるよ。謝って別れてもらえば？」

馬鹿馬鹿しくて聞いていられなかったが、僕は適当に慰めた。

「それがさー。お前から結婚したいって迫ってきたくせに、突然別れたいとか言われても納得いかないって怒鳴られちゃって」

「そらそうだろう」

「別れるなら死ぬって言うのよ。しかも泣きながら」

「死ねば、って言ってやれよ」

「死にたいのはこっちだわよ。今までのゲームみたいな恋愛とは違うって思ってたのに。あいつのことより自分に失望しちゃってさ」

　彼女の頬に涙が伝う。僕は脱力して煙草をもみ消した。

　僕は一度だけ彼女とそのリーマンが三宿《みしゆく》のカフェにいるのを見たことがあった。彼女からものすごく素敵だと聞かされていたのでどんな男かと思っていたら、ただの冴《さ》えないスーツ姿の会社員で、タレント気取りのうさんくさい客ばかりいるその店で彼は居心地が悪そうにしていた。なのに彼女はそれに気づく様子もなく、頬を紅潮させテーブルの下でその男の手を握っていた。ライオンに組み伏せられた手負いの鹿を見るようだった。

「覚えてっか？　人生はゲームで俺らはそのプレーヤーだって話」

「ああ、昔そんなことよく話してたね」

　トレーナーの袖《そで》で涙を拭《ぬぐ》い、鼻をすすりながら彼女は言った。

「生きてることに意味なんかないんだよ。象でも蟻でも人間でも。でも幸か不幸か俺らは人間だから、社会の中で生きてくしかない。だったらゲームだと思って楽しんだ方がいいって、お前も言ってたじゃないか」

「でも、それって虚《むな》しくない？」

「ばあか。ゲームを楽しむにはルールってもんが必要だろ」

僕は苛《いら》ついてスプーンでカップの端を鳴らした。

「公平性の問題だよ。はじめっから勝負が見えてたじゃないか。あいつは社会の中じゃ勝ち組かもしれないけど、恋愛ゲームはどう見ても素人だったろ。それをお前がルールを無視して素人を本気で殴ったんだよ。同じレベルの人間じゃ勝てなくなってきたから、弱い相手を無意識に狙ったんだ。ゲームじゃなかったっていうんなら、土下座して慰謝料でも払ってきな」

彼女はずいぶん長い間黙っていた。言いすぎたかなとは思ったが、何だか腹が立って仕方なかったのだ。

やがて彼女はぎくしゃくと頷《うなず》き、伝票を取り上げ「呼び出してごめんね」と言い置いて先に店を出ていった。可哀想な気もしたが、僕にできることは何もなかった。

その翌週、仕事中に彼女から電話が掛かってきた。電話の向こうで彼女が嗚咽《おえつ》と共にこう吐き出した。

「さっき連絡があったんだけど、あの人死んじゃったんだって。首吊《つ》っちゃったんだって。ねえ、どうしよう。私、どうしたらいいの」

叫ぶように彼女は言った。僕は自分の頬を掌《てのひら》でさすった。今僕が「お前が殺したんだろ」と言ったら、彼女も首を吊るかなと、不謹慎な想像が頭をよぎる。

「悪いけどカットの途中なんだよ。夜にでも電話して」

そう言って僕は電話を切った。鋏《はさみ》を持ち直して客の髪を切り、どうでもいい世間話をしてその女の子を笑わせる。

確かゲームという単語には獲物の肉という意味もあったよな、と喋《しゃべ》っているうちに頭に浮かんだ。自分が普段に増して愛想がいいのも、余計なことばかり思いつくのも、ショックを受けている証拠だった。

息子

この一年で息子の背が十センチ以上伸びた。一六二センチの私よりはまだ頭ひとつ小さいが、子供特有のふっくらした脂肪が落ちて、顔も背中も手足も大人のそれに近づきつつある。

塾へ行くため早めの夕飯を一人で食べる息子の横顔に私はうっとり見とれ、ややつり気味の大きな瞳《ひとみ》と通った鼻筋が夫の若い頃に似てきたなと思った。しいて不満を言えばお内《だい》裏《り》様のような白い肌か。誰に似たのか息子は運動よりも勉強の方が好きで、低学年の時にサッカーチームに入らせたら三日で辞めてしまい、それよりも塾に行きたいなどと言いだしたのだ。けれどまあ、顎《あご》から首、首から肩にかけての角張った骨のラインは女の子には決してもつことのできないものだ。なんてきれいに育ったのだろうと母親ながらほれぼれする。十代の頃「ブスのくせに面食いだ」と友達にからかわれたものだが、少々馬鹿でも貧乏でも、見た目のいい夫と結婚しておいて本当によかったと今更ながら実感した。

「ママ、あたしのミッフィーちゃんのペン知らない？」

娘が大声で聞いてくる。私は息子から視線をそらさず「マユがさっき使ってたよ」と上の空で言った。娘Aがどたばたと階段を上がって行き、娘Bといつものように派手に喧嘩《けんか》をはじめるのを聞きながら、私は食事を終えた息子の顔を覗《のぞ》き込んだ。

「足りた？　ドラ焼きあるけど食べる？」

「いらない」

息子はそっけなく答え、塾へ持って行くバッグを手に取り立ち上がった。

「もう行くの？　まだ早いんじゃない？」

返事もせず玄関へ向かう息子のあとを私は追いかける。身長が伸びたのと同時に口数がぐっと減った。大人っぽくなったのは嬉《うれ》しいが、こう口をきいてくれないと心配だ。

「今日ママ、バレーの練習の日だから帰りに迎えに行ってあげようか」

スニーカーの紐《ひも》を結ぶ息子に言ったら、すげなく「いい」と断られた。

「車に気をつけて。寄り道しないのよ」

息子は背中を向けたまま、ひらひらと私に手を振って走って行ってしまった。

「それならマシな方よ。うちの子なんかゲームやってる時に話しかけたりすると、ババア黙ってろ、とか言うんだから」

基礎練習のあとの休憩時間に、同い年の男の子を持つ奥さんに相談してみたら、そんな答えが返ってきた。よかった。うちの子は無口だけれどそこまで反抗的ではない。

「ババアなんて言われたら、私、涙出ちゃうかも」

そう呟《つぶや》いたら、体育館の床に腰を下ろしていた主婦達がどっと笑った。

「佐伯さんの目にも涙？　見てみたいもんだわねえ」

「コーチに、じじいは黙ってろって言って辞めさせたくせに」

そうだ、確かに私は昔から気が強くて恐いものなんて何もなかった。一軒家を建て三ヵ月前に引っ越してきて、子供達が転校先でうまくやれるかどうかは不安でも、自分のことは何も心配していなかった。このママさんバレーのチームに誘われて入ったのは二ヵ月前で、そんな新参者なのにボランティアで来ていたコーチをじじい呼ばわりして辞めさせてしまった。昔競輪の選手だったというその男があまりにも威張り散らしているので我慢ならなかったのだ。けれど奥さん達も同じ不満を持っていたらしく「よくぞ言ってくれた」と喜ばれた。そんな私でも、息子のこととなると何故だか骨抜きになってしまう。

「よし、後半一時間頑張りましょう！」

時計を見て、私はみんなを立ち上がらせる。私はまだ三十一歳で、奥さん達の中では一番若いのだが、コーチを辞めさせた手前と、中学高校の六年間バレーボールの経験があるということで、コーチ兼エースアタッカーにされてしまったのだ。

このチームは特に何かのトーナメントに出るためのシリアスなものではなく、このあたりの自治体が主婦同士の親睦《しんぼく》を図るために始めたものだそうだ。今年はたまたまバレーボールで、去年は綱引きだったと聞いた。来月よその地区との試合があるため、週に三回、夜二時間ほど小学校の体育館を借りて練習している。趣旨が親睦なので強制ではないが、地域の奥さん達のほとんどが参加していて、小さい子供がいる人は体育館に連れて来てコートのそばで遊ばせている。新興住宅地というと聞こえはいいが、うまくご近所と付き合わなければならないという雰囲気は、私が生まれ育った海辺の街よりも窮屈だ。スポーツは苦手でやりたくないが仕方なく来ている人も何人かいる。だから私も強いチームにしようとまでは思っていないが、どうせやらなくてはならないなら、割り切って楽しくベストを尽くしたいではないか。特にバレーはチームワークの善し悪しでずいぶん勝敗が左右されるスポーツだ。できないならできないなりに協力してくれればいいのに、やる気のなさを隠そうともしない奥さんが一人いて、私はその人に対して内心苛々《いらいら》をつのらせていた。

「奈良さん、また肘《ひじ》が開きすぎてる」

練習の後半は試合形式で、ネットの向こう側でパスをしそこなった奥さんに私は注意をした。十歳くらいは年上の彼女は半笑いで首を傾《かし》げた。何度言っても直そうとしないし笑ってごまかしている。これが学生時代の部活の後輩だったらぶん殴っているところだ。

「何回も言ってるけど、膝《ひざ》を入れて全身を使って。もっと早く落下点に入って」

他の奥さん達と違って彼女だけは絶対私に返事をしない。がさつな私を嫌っているのは分かっているが「たかがママさんバレーにムキになって馬鹿みたい」と思われていそうなのが癪《しゃく》だった。

そんなことを考えているうちに、私の頭上にいい具合のトスが上がった。反射的に私はジャンプし、スパイクを打った。その球がものすごい音と共に奈良さんの顔を直撃し、彼女が尻餅《しりもち》をついた。彼女の幼い娘が気がついてコートの外から駆け寄って行く。決してわざとではなかったが無意識ではあったなと思いながら、私も慌てて謝りに走った。

十九の時に当時付き合っていた夫との間に赤ん坊ができて結婚し、二十歳で長男、二十一で長女、二十三で次女を産んだ。湘南《しょうなん》のヤンキーだった私は二十代をまるまる子育てにつぎ込み、軟弱な専門学校生だった夫は学校を辞めてトラック運転手となり、私達は両方の親から絶対無理だと言われた、いっぱしの家庭を築いた。狭い賃貸マンションでは夜勤明けの夫が十分睡眠をとれないので、無理をして一軒家も建てた。やればできる。若くて何もできなくて、拗《す》ねて遊び回っていた私と夫は、こうして揺るぎない自尊心を自力で手に入れた。

日差しの眩《まぶ》しい日曜日、夫は明け方仕事から戻り二階で眠っている。娘ABはそれぞれ友達の家へ遊びに行った。リビングには私と息子二人きりで、昼食後テレビを見ながらプリンを食べていた。あいかわらず息子は必要最低限しか口をきかないが、私はとろけそうに幸せだった。

娘二人も自分の子供だからもちろん可愛いが、息子はやはり私にとって特別な存在だ。小学校に上がる前まではダブルベッドから夫を追い出し息子と一緒に眠っていた（夫は娘達と子供部屋で雑魚寝《ざこね》をしていた）。寝ぼけて息子が抱きついてくると、もうこのままこの世が終わっても構わないと思うほど満ち足りた。恋人や夫が与えてくれる愛情とは桁《けた》と種類が違う。こんな甘美を子供が与えてくれるなんて若い頃にはまったく想像もつかなかった。

「ねえ、ピカイチ君よりあんたの方がカッコイイと思うな、ママ」

テレビに映るアイドルの男の子を見ながら私は何気なく言った。息子のスプーンを持つ手が止まる。別に芸能界に入れたいとか本気で思っているわけではないが、どんなアイドルよりもうちの息子の方がいい男に見えるので、全国的に見せびらかしたいような、でも隠しておきたいような複雑な心境になるのだ。

「頭はいいし、歌はうまいし」

「うるせえよ、ババア」

私は耳を疑った。小声ではあったが今確かに息子はそう言った。

「え?」

「塾で聞いたんだけど、ママ、バレーボールで奈良さんのお母さん苛《いじ》めてるんだって?」

何を言われたのか一瞬分からなかった。うろたえつつも、そういえば奈良さんには学校は違うが息子と同学年の娘がいたなと思い出す。

「苛めてるなんて、そんな」

「別にいいけどさ。俺ね、そんなことわざわざ告げ口してくる奴も嫌いだし、俺にサッカー選手になれとかテレビに出ろとかいう目で見るママもうざいんだよ。もう赤ん坊じゃないんだからさ。ほっといてよ」

まっすぐこちらの目を見て息子は憎々しげに言い放った。私はぽかんと口を開けたままで何も言葉が浮かんでこない。

「俺、女って大嫌い」

そう捨て台詞《ぜりふ》を残し、息子は食べかけのプリンをテーブルに投げるようにして外へ出て行ってしまった。リビングに残された私は息子の言ったことがうまく理解できず、ふらふらと二階へ上がって行った。ぐうすか眠る夫の顔を見下ろしているうちに、最愛の息子に全否定されたことがようやく分かり、涙が溢《あふ》れてきた。そして夫を揺り起こす。

「ねぇ、パパ。パパったら」

何やら文句を呟いて夫が重い瞼《まぶた》を開ける。

「私、もう一人赤ちゃんほしい。つくろうよ」

なんだよお、と嫌がる夫のパジャマのズボンを私は乱暴に下ろした。何人でも、できる限りつくってやると思いながら、私は寝ぼける夫にしがみついて泣いた。

薬

今年もまた花粉症の季節がやってきた。それでなくても普段から薬漬けなのに、一日に二錠、花粉症の薬が増え、そのせいなのか胃まで調子が悪くなって最近は胃薬も欠かせない。薬漬け、といっても私が使っているのは全部その辺の薬局で売っているスタンダードなものばかりだ。頭痛薬、風邪薬、目薬、のど飴《あめ》、胃薬、下痢止め、乗り物酔い止め、滋養強壮剤、ビタミン剤各種、プロポリス、メラトニンなどが私のバッグには常備されていた。

朝の通勤電車では、顔色の悪い会社員達が黙って電車の揺れに身を任せている。目の前のシートで眉間《みけん》に皺《しわ》を寄せて眠っている五十がらみの男性はどう見ても何か成人病の宿主だろうし、隣の吊革《つりかわ》につかまっている私より若そうな女の子は指から手首にかけてアトピーらしき症状が見える。うちの部長は痛風だし、部下の男の子はまだ若いのに肝硬変で先日入院した。そういう人達に比べると、私は申し訳ないほど健康だと言えるだろう。時折強烈な偏頭痛に襲われるし、生理不順だし、タクシーに乗れば必ず酔うし、風邪をひきやすく、お腹を壊しやすく、寝つきが悪くて寝起きが悪い。そして花粉の季節には目頭が真っ赤に腫《は》れ上がり、ティッシュが手放せない。そんな私だが三十一年生きてきて入院経験は一度もないし、学校も会社も風邪で三日くらいは休んだことがあるが、それ以外は何とか通い続けているのだ。これが健康でなくて何なのだ。けれど、後ろに立った派手な若い女がつけている香水とそのまた隣のサラリーマンが放つにんにく臭を嗅《か》がされているうちに、胃液がせりあがってくるのを感じた。奥歯をぐっと嚙《か》みしめて吐き気を堪《こら》え、私はポケットから花粉用のマスクを取り出し必死でつけた。

いつものように、へろへろになって会社に着いた。今日は仕入れ先との打ち合わせが三件もあるのにこんなことで大丈夫なんだろうかと不安に思いつつ事務所の扉を開けると、アルバイトの女の子が開口一番「今日チーフ、半休取るって電話がありました」と私に言った。

「お子さんが風邪ひいたそうです。夕方の打ち合わせには予定通り行くって、田島さんに伝えてくださいって言ってました」

またかよ、と思いながら私は無言で頷《うなず》く。直属の女上司には二歳になる子供がいて、理解はしているつもりでも子供を理由に休まれるとやはり不愉快だった。

私が勤める中堅の通販会社は、この不況の中でもじりじりと業績を上げている。なので給料は悪くないが、とにかく人手不足で忙しい。私は商品企画部でアクセサリーを担当している。一件目の打ち合わせは古い付き合いの業者さんなのでまだ気が楽だった。

「花粉症ですか、田島さん」

ロビー横にある応接スペースで待っていた仕入れ業者が私の顔を見て言った。彼の目頭と鼻も赤くなっていたので同類と見た。

今日の私は目が痛くてコンタクトが入れられず、銀縁眼鏡に大判の花粉マスクだ。そんな姿で化粧するのも馬鹿みたいなのですっぴんだし、寝坊したので髪もひっつめて後ろでまとめてある。色気よりも仕事をとった結果だ。

「そうなんですよ。今年は早くから薬飲みはじめたから、少しは楽なんですけどね」

「私は漢方やってるんだけど、あんまり効かなくてねー。鼻の中の粘膜を焼く手術っていうのがあるらしいですよ」

「うへえ、恐い」

ひとしきり花粉談義をしてから、本題のピアスの話に移る。うちの通販は薄利多売を取り柄としているので玩具のようなものしか扱えないが、それでも金属アレルギーの人にも使えるものを何とかコストダウンしてもらい仕入れることにした。

昼休み、その辺にあったクッキーを齧《かじ》って机に突っ伏していると、同僚達が社食からどやどや帰って来た。

「お昼食べないの？　ダイエット？」

「いや、ストレスのせいか食欲なくて」

「なに言ってんの。田島ちゃんみたいに言いたい放題の人がストレス溜《た》まるわけないじゃん。気のせいか、花粉のせいでしょ」

　うちの会社は下着専門の通販から始めたので必然的に女性が多い。つまり女だからといって容赦されないということだ。私はどちらかというと小太りで、わざと乱暴な口をきいたりするので余計に人から同情されない。身も心も強がっているのは、言うまでもなく身も心も本当は弱いからだ。午後の打ち合わせの相手が性格の悪いセクハラ親父で、緊張とストレスで昼ご飯が喉《のど》を通りそうもなく、でも下痢止めと頭痛薬を飲むため仕方なくクッキーを齧った有様なのだ。

　午後イチで会社を出て、得意先のメーカーに向かった。私は極度に緊張するとおなかを下すか偏頭痛を起こす。昨夜メラトニンを飲んでもうまく眠れなかったせいか、地下鉄に乗っているうちに朦朧《もうろう》としてきた。いくら市販薬でもいっぺんにいろいろ飲んだのがいけなかったのか。寝不足で空腹だからか。それとも打ち合わせが憂鬱《ゆううつ》なのか。身に覚えがありすぎて余計に恐くなってくる。

「なんだ、今日は田島さん一人なの？」

メーカー担当者の親父は露骨に嫌な顔をした。ブスで小太りな独身の私より、人妻でも綺麗《きれい》で色っぽいチーフにこいつは気があるのだ。

この大手アパレルメーカーの雑貨部門はうちの雑誌の目玉で、専属契約をしているからとにかく機嫌を損ねてはいけなかった。彼は冬物の注文が少なかったことを、誌面の写真が悪かったせいだとネチネチ繰り返した。そして嫌味の矛先は私にも向き、化粧くらいちゃんとして来い、アクセサリー担当のくせに着てるもんのセンスが悪すぎる、そんなんじゃ男もできないぞ、と煙草をふかしてセクハラ発言をした。頭がフケだらけの清潔感からほど遠い親父にそんなことを言われても、黙って頭を下げているしかない自分が情けなくなってくる。

それでも何とか夏物の見本を出してもらい、終わる頃にはドーピングしてきたはずなのに下腹がしくしく痛くなってきた。私は逃げるようにしてその会社を出て、目についたファストフード店に飛び込み、注文もせずにトイレに直行した。おなかの痛みの原因を出してしまうと、私はトイレの天井を仰いで息を吐いた。いくら感情を抑えても体は正直だった。

夕方の打ち合わせまで少し時間の余裕があったので、ドラッグストアに寄って常備薬を買い足すことにした。毎日飲むので薬代が馬鹿にならない。前に私が食後にビタミン剤と生理痛の薬と乗り物酔い止めの薬を一気に飲むのを見てチーフが顔をしかめ、「せめて病院に行って処方してもらいなさいよ」と言っていたことを思い出す。でも体がちょっと弱いだけで特に病気というわけでもないのに病院に行くのは気がすすまないし、現実的に平日は仕事で医者に行っている時間もなかった。

待ち合わせの喫茶店に行くと、チーフは先に来ていた。店の中だというのに大きなマスクをしている。

「今日は本当にごめんなさいね」

「あ、いいえ。チーフも花粉症ですか」

「ううん。子供と一緒に風邪をひいちゃって」

マスクを取った彼女の顔は、明らかに熱がありそうでほてっていた。無理して出てきたのだろう。

「大丈夫ですか。風邪薬とバファリンありますけど飲みますか」

「ありがとう。でも今薬飲めなくて」

そう言って彼女はおなかのあたりに掌《てのひら》を置いた。その意味が最初分からなくてきょとんとしていたが、彼女がコーヒーではなくミルクを頼んでいることに気づいた。

「もしかして二人目ですか」

「そうなのよ。まあ、ギリギリまで働いてすぐ戻ってくるつもりだけど」

妊娠している上に風邪でつらそうな彼女は、いくら私がもう帰ってくださいと言っても「やっと取ったアポだから」と立ち上がった。そして打ち合わせが終わったとたん、魂が抜けたような顔でふらふらと帰って行った。

その背中を見送りながら、そうか、もし私が妊娠したら今飲んでる薬はほとんど飲めないんだなと思い、そして帰りの電車に揺られながら、そういえばこの前お月様がきたのはいつだっけと気がついた。手帳を出して慌ててめくる。すっかり忘れていたが、もう三カ月近く生理がきていない。血が引くとはこういうことを言うのだろう。私はめまいに襲われ思わず床に膝《ひざ》をついてしまった。目の前に座っていたルーズソックスの女の子が慌てて席をゆずってくれたのに、私はまともにお礼も言えなかった。

そして地元駅前にあるマツモトキヨシで妊娠検査薬というのを買った。この歳になったら恥ずかしがることもないのに、要りもしない入浴剤やらブロースプレーも一緒にレジへ持って行った。

私には学生時代から十年にわたり付き合っている恋人がいるが、それは結婚したいからではなく別れる理由が特にないからだった。もし妊娠していたら彼と結婚して赤ん坊を産まなくてはならないのだろうか。握りしめた一本のスティックがその現実を突きつけてくる。

もし妊娠していたらどうしたらいいのだろう。彼はよく「お前とは結婚しない」と言っているし、私だって、偉そうなわりに気が小さくて神経質な、自分そっくりの男と結婚なんかしたくない。そうなると私は一人で赤ん坊を産み、会社に勤め続けなくてはならないのか。一人だけでも薬の力を借りていっぱいいっぱいなのに。かといってこの歳でできた赤ん坊を堕《お》ろして、将来後悔しないだろうか。

散々悩んだ末、私は崖《がけ》から飛び降りるような気持ちでトイレに向かった。そして結果が出るまでの五分間、私は両手を握りしめてベランダから夜空に浮かぶお月様に祈った。

五分後私はトイレのドアをそろそろと開けた。白い便器の上に置かれたプラスティックのスティック。その色は変わっていなかった。

どっと力が抜けたが、明日は会社を休んででも病院へ行ってみようと思った。

旅

週末になると私は旅に出る。

平日、毎朝六時に起きてアパートで飼っている老猫にエサをやり、ご飯を炊いて納豆をかけて食べ、夕飯の残りのおかずで弁当をこしらえて出勤する。勤め先は市役所管轄の公園協会というそう忙しくない職場で、まず間違いなくカレンダー通りに休める。定時に帰ることができるので、私はほとんどの家事を平日に済ますことができた。職場には若い（と言っても、もう三十一だが）女性は私しかおらず、昼休みになると私は弁当を五分で食べ、制服にサンダルのままで街に出る。私の旅はこの時点で始まる。職場から歩いてゆける範囲にある金券ショップは二軒。そこへ毎日のように通い、この週末に使えそうな新幹線や飛行機のチケットを探すのだ。航空券などは、何カ月も前に購入すれば金券ショップより安く確実に手に入るのだが、それは目的が明確にある人のためのものだろう。私は毎週末どこかへ一泊旅行をするのだが「ぜひともあそこへ行ってみたい」という希望がないのだ。ただ「どこかへ行きたい」だけだ。

そもそものきっかけは他愛《たわい》のないテレビだった。壁に貼った日本地図にダーツの矢を投げて当たった場所に行ってみる、というのを見て面白そうだったので自分もやってみることにしたのだ。けれど何度かやってみて、あまりにも辺鄙《へんぴ》な場所に当たることが多く、そこまで行くのに時間がかかりすぎたし、泊まる場所にも苦労したのでやめてしまった。それよりも金券ショップで売っている、行き先も出発時刻も座席指定もあるチケットを買った方が楽だった。ダーツの旅が金券ショップの旅に変わり、お盆や正月を除いてもう二年、私の週末の一泊旅行は続いている。

今日は鹿児島行きのチケットが格安で売られているのを見つけた。それを買い、ついでに旅行代理店で帰りのチケットも買った。夜アパートに帰り、早速「女性一人で泊まれる温泉宿」という雑誌をめくった。空港からはちょっと遠かったが、海側にある良さそうな温泉が載っていたので予約した。タクシーで行けばいいだろう。実は私にはかなりの額の貯金がある。だから本当は正規料金でチケットを買ってもいいし、昼に弁当など作っていかなくてもいいし、十八歳の時から住んでいるボロアパートではなくて、小綺麗《こぎれい》なマンションに引っ越してもいいのだ。けれど私は決まらない行き先を決めてもらうために金券ショップに通い、役所の食堂が苦手な上に、職場のそばで外食するのも気が進まないので毎朝弁当を作り、引っ越しも面倒で、必然性を感じられなくてこの古い１ＤＫに住み続けているのだ。

その週末、私は猫の茶碗《ちゃわん》にキャットフードを山盛りにして早朝家を出た。荷物はいつも通勤に使っているショルダーバッグひとつだ。羽田までモノレールに乗り、何食わぬ顔で、帰郷なのか旅行なのか様々な人達にまぎれて飛行機に乗った。真下に小さくなってゆく東京湾を眺める。スチュワーデスに手渡される紙コップのコーヒーが私は好きだ。羽田で買ったデニッシュを取り出して食べる。子供が前の席から立ち上がって欲しそうに見ていたが知らん顔をした。図書館で借りてきたガイドブックを読んでみる。本を極力買わず借りるようにしているのは、それでなくても狭い部屋にこれ以上ものを増やすのが嫌だからだ。こんなふうだから節約しているつもりがなくてもお金が貯まるのだろう。

空港に下りると、鹿児島はやはり東京より暑く感じた。タクシーに乗って市内の中心地までと頼むと「観光ですか？」と聞かれた。

「はい。出張のついでに」

私は旅先で人に尋ねられると必ずそう答えている。最初の旅行の時に、ただの一人旅だと正直に言ったら「失恋でもしたんでしょ」とからかわれて嫌な思いをしたのだ。そんな人ばかりではないことは分かっているが、面倒臭いので方便を使っている。

初老の運転手は案の定「名所をまわりましょうか」と言いだした。口数の多くない良さそうな人だったので、観光地をいくつかまわって宿まで送ってもらうことにした。

西郷さんの像を見て、桜島がよく見える浜辺へ行き、運転手さん推薦のラーメン屋に連れて行かれた。一緒に食べましょうよと言ったのに、彼ははにかんだ顔をして一時間ほどしたら迎えに来ると言ってどこかへ行ってしまった。ラーメンはすごくおいしかった。お店の人に尋ねられて「東京から来た」と言ったら、何故だか蜜柑《みかん》と焼き芋をくれた。訳が分からず可笑《おか》しかった。いつもの旅の習慣で空港で買った絵葉書にそのことを書いた。切手を貼って、ラーメン屋のおばさんにポストの場所を聞いて投函《とうかん》しに行った。

海側の宿までは車で二時間ほどかかり、私はその間景色も見ずにぐっすり眠ってしまった。起こされて寝ぼけ眼で宿の女将《おかみ》に出迎えられた。ゆるやかな丘に離れが点在するその旅館は、思っていたよりずっと高級そうだった。食事はその宿にある割烹《かっぽう》で摂《と》るということで、一人なので部屋で頂いてもいいでしょうかと聞くと「もちろんいいですよ」と女将さんが笑顔で答えてくれた。

夕飯まで一時間ほどあったので、敷地内に二つあるという露天風呂《ぶろ》の片方に行ってみた。まだ日の落ちないうちに、一人きりで外で丸裸になるのは不安と爽快《そうかい》が半分ずつだ。湯に浸《つ》かり空を仰ぐと、松の木に尾長がとまって短く鳴いていた。ああ、あー、と私はいつものように小声で古い歌謡曲を口ずさむ。

「日本のどこかに、私を待ってる、人がいる」

別に恋人を探しに週末ごとの小旅行をしているわけではないが、何となくこの歌が思い浮かんでしまうのだ。

湯から上がって部屋でテレビを見ながら夕飯を食べた。私はお酒が飲めないので食事はすぐ終わってしまう。することがないので、大浴場に行ってみた。他のお客はまだ食事中なのか誰もいなかったので、広々とした檜《ひのき》風呂に私は体を伸ばして浸かった。そのうち三人連れの中年女性が賑《にぎ》やかに入って来た。会釈をしておくと「どちらからいらっしゃったの？」と人懐こそうに一人が話しかけてきた。

「東京です」

「まあ、そんな遠くから？　私達は宮崎からなの。ここ、お値段のわりにいいでしょう。もう私達三回目なのよ。桜の時が一番よかった。露天風呂にはらはら花びらが散って」

そうですか、と私は笑顔で相槌《あいづち》を打つ。おばさんはなおも喋《しゃべ》り続け、私はそれに笑ったり感心したりした。一人で温泉に入っているとよく起こることで、私は案外こういうことが嫌いではなかった。知らない人と短時間ならば、明るく愛想のいい人間になれる。それが変に嬉《うれ》しかった。

おばさんの話に付き合っているうちにすっかりのぼせてしまい、私は部屋に戻って、きちんと清潔に敷かれた布団に倒れ込んだ。糊《のり》のきいた白い枕カバーに頰を埋める。そして朝まで深く眠った。

翌朝私はいつも通り早朝に目覚め、もうひとつの露天風呂に入りに行った。宿の下駄《げた》をひっかけ朝露に濡《ぬ》れた木立の中を歩く。風呂は丘の中腹にあって息が切れてしまった。葦簀《よしず》で囲っただけの脱衣所で躊躇《ちゅうちょ》なく浴衣《ゆかた》を脱いで岩風呂に浸かる。頭の上は緑の葉で覆われていた。きっとこれが桜なのだろう。咲いたらさぞ綺麗だろう。

朝食を食べたらもう空港へ向かわなければならない。有休を使ったり、連休の時に旅行すればいいのに一泊しかしないのは猫がいるから、というのは自分に対する言い訳だった。私はアクシデントが苦手で、同じように繰り返される規則的な毎日が好きなのだろう。

前に職場の誰かが私のことを「自己完結してる」と言っていたことがある。確かに数年前、結婚するはずだった男性との恋愛が終わってから、私は自分の中のどこかを閉じてしまったような気がする。

このまま淡々として定年を迎えるか、実家がクリーニング屋なので、親の具合でも悪くなったら帰って店を継ぐかもしれない。そんな諦《あきら》めのような、無力感のようなものが、私を長い旅に似た、恋愛やら結婚やらアクシデントやらに溢《あふ》れた人間関係から遠ざけているのかもしれない。

そんなことをぼんやり考えていたら、背中で木戸が開く音がした。タオルで前をさりげなく隠した女性が入ってくる。思わず見入ってしまうような美しい女性だった。

「あら、名倉さん。おはようございます」

自分の名前を言われてその裸の女性を凝視した。彼女はゆっくりと、恥ずかしがるでもなく湯に入ってくる。そこでやっと、宿の女将さんだと気がついた。

「よくお眠りになれました?」

のんびりした声で彼女が聞いてくる。はい、と私はどぎまぎして答えた。

「仕事の前に、ここのお風呂に入るのが好きなんです。でも、たまにこうやってお客様に会っちゃって気まずかったりするんだけど」

そう言って笑った顔には少女の面影すらあった。昨日は着物姿だったので、自分よりは年上だと思い込んでいた。

「あの、失礼なこと、お聞きするんですが」

「はい。なんでしょう」

「お歳はおいくつなんですか?」

「先月三十一になりました。世間じゃもう若くないのかもしれないけど、この世界じゃまだまだひよっこ」

裸の肩をすくめて彼女は言った。私はどう答えていいか分からなくなってしまい、「お先に」と言って逃げるように湯から上がった。

何も考えないようにして、部屋に戻って着替えをし、朝食を摂って私は宿を後にした。空港までタクシーに乗り、予定通りの飛行機に乗った。

翌日の月曜日、私はいつも通り朝起きて仕事に出掛けた。いつもと同じ時間にアパートに帰って来ると、錆《さ》びたポストの底に自分で出した桜島の絵葉書が一枚落ちていた。自分宛に出したその絵葉書を手にして、私はそこにいつまでも立っていた。

バンド

テレビスタジオの照明には何年たっても慣れない。日焼けサロンで焦がされているようだ。乾燥しているのに掌《てのひら》にだけ汗をかいていることに気がついて、私はギターのネックから左手を離してジーンズの尻《しり》でそれを拭《ぬぐ》った。

淡々としている他のメンバーを気にする様子もなく、ロリータ漫画から抜け出してきたような衣装のボーカルが、マイクに向かってメロディーとも発声練習ともつかない声を張り上げていた。甘々の、でもよく通る、音程が外れそうで外れない不思議な声。

「じゃあ、お願いします」

フロアADが指を折ってカウントを始める。クリックみっつめ、ドラムの最初のスネアで曲が弾《はじ》けだす。

一時間の生音楽番組のランスルー。たった一度のリハーサルは可もなく不可もなく、というよりは優に近い状態であっけなく終わった。当たり前だ。大物プロデューサーの作った耳に馴染《なじ》むキャッチーなメロディー、オーディションで何万人だかの中から選ばれたボーカルに、ベテランの域に入るミュージシャンの演奏と、ここに至るまでに動いた億単位の金。生の時は、レコーディングで出来上がったものをその通りに再現するのではなく、私も勝手にリフを変えたりするし、それに反応してリズム隊も、新人ボーカルでさえもアドリブをきかせて生ものの音を作り出せる。それさえもプロデューサーの思惑のうちだ。でも演奏すれば、それぞれゆきずりに近い商業バンドの私達でも音がひとつになる瞬間がある。その時は余計なことをみんな忘れて音楽の中で幸せになれるのに、終わった瞬間、私は大きなやましさのようなものに襲われる。こんなのはバンドじゃない。

「ハナ丸。元気ないじゃん」

楽屋に帰ったとたん、ボーカルのミクリに言われた。うちは彼女と私だけが女性なので二人で一部屋もらったのだ。私はただのバックバンドなので「男子チームと一緒でいいです」とマネージャーに言ったのだが、「ミクリを避けるな」と逆に命令された。三十一の私よりひとまわり年下のロリ顔少女が、胸の谷間もあらわにこちらをじっと見上げている。

「差し入れのエクレアあるよ」

「いや、甘いもんは……」

「パンでも買ってきてあげようか」

お前は付き人か。レコード会社の社長と対等にメシ食える売り出し中のアイドルだろうが。

「いいって。食堂行って蕎麦《そば》でも食うから」

「じゃあ、あたしも一緒に」

そこでノックもそこそこにマネージャーが顔を出す。「ミクリ、雑誌の取材が来たから」と柔らかいが断固とした口調で言った。連日のことで可哀想だがそれが彼女の仕事だ。

しぶしぶ彼女が行ってしまうと、私は何か食べようと楽屋を出た。するとちょうど隣の楽屋から他のメンバー達もぞろぞろと出てきたところだった。

「よ、ハナ丸。姫のお守りはどうよ」

一番年長のベーシストがからかうように聞いてきた。今、取材に行ってくれたと言うと、じゃあ一緒になんか食べに行こうということになった。寄せ集めのバンドでも決して私達の仲は悪くなかった。険悪になるほど音楽性のぶつかりあいもない、ただ利益が一致している職業ミュージシャン達。

局内の喫茶店の一角に陣取って、私達はそれぞれ蕎麦だのスパゲティーだのカツ丼だのを頼んで言葉少なに食べた。

「ハナさん、後半ちょっと走り気味じゃない。あれじゃ、ミクリが歌いにくそうだよ」

若いわりに保守的なキーボーディストが、食べ終えたカツ丼の割り箸《わばし》を放り出すようにして言った。こいつは打ち込みの音を正確に生かしたいタイプだし、ミクリの隠れファンなので気持ちは分かった。

「でも歌えてたよ。あいつ、馬鹿なふりして案外やるもん」

「そうだよな。耳、いいよな」

ドラムスとベーシストが無表情にそう話す。キーボードから反論はなく会話はそこで途切れた。今一番視聴率のとれる音楽番組にこれから初出演するというのに緊張感のかけらもなかった。デビューシングルがこの番組のランキングで五位以内に入っているのも確実なのに。ドラムスは携帯に電話がかかってきて席を立ち、キーボーディストは煙草を買ってくると言ってどこかへ消えた。昔から知っているベーシストと二人きりになると少し気が楽になった。

「それにしてもハナがここまで残ってくるとはなあ」

嫌味ともとれる台詞《せりふ》だったが、赤茶けた長髪からのぞく彼の目は優しかった。

「女のギターなんか認めないって、あんた初対面の時言ってたしね。もう十年前？」

「根に持ってんなあ」

女のギタリストは不利だ。技術は死ぬ気で練習すれば何とかなる。でも、どうしてもギタリストは男の方がビジュアル的に様になる。音楽の中では恰好《かっこう》がいいことは大切だ。だから私の最初のメジャーデビューは全員女のバンドだった。サードシングルが当たって、でもその後鳴かず飛ばずで、三年でレコード会社から契約を切られた。悔しくなかったと言ったら嘘だが、そのレディースバンドも事務所が企画したものだったので仕方ないという気持ちの方が大きかった。

本当に悔しかった出来事は、もっと昔のことだ。高校時代から、外の年上の男の子達とプロ志向のバンドを組んでいた。中学卒業時点で私の身長は一七五センチに届いていたし、ごつい肩と平らな胸や小さな尻が、ステージの上でギターを弾くことに優位に働くであろう自覚があった。そのバンドのボーカルが「そろそろ堅気に生きる」と言ってやめた後フロントに立つことになり、するとライブハウスに驚くほど若い女の子が集まるようになった。男に見えるが女だ、ということが私の武器となり、レコード会社からも声がかかるようになった。

けれど、メジャーデビューを持ちかけてきたディレクターが引き抜きたいのは私だけだと分かったとたん、あんなに一緒に音楽をやってゆくのだと語り合ったメンバー達が掌を返したように私を罵倒《ばとう》し去っていった。話し合う余地もなくバンドは空中分解した。あとから考えると、メンバー達のプライドを傷つけたのは、私だけが引き抜かれたこと以外に、女のギタリストに女のファンが集まったことだったのではと思い当たった。そういえば私に黄色い声を上げる女の子達を見て、リーダーが「宝塚かよ」と呟《つぶや》いていたことがあった。

それでも、いや、だからこそ、私は音楽をやめる気はなかった。どんなに商業主義の業界に汚されてもギターを弾けなくなるよりはマシだった。

けれど三十を超えて限界のようなものを私はかすかに感じはじめていた。女バンド解散後、何とかサポートやスタジオの仕事で食いつないではきたが、三十路《みそじ》にまでなったらもう「少年もどき」は売りにならない。幸い死ぬほどギターが好きで片時も離さなかったので技術はあったし、プライド（そんなものは業界に入る時に捨てた）もないので譜面通りに、プロデューサーが望む通りに弾けた。あとは出しゃばったりヒステリックにならなければ「だから女は」と言われずに便利に使ってもらえた。喧嘩腰《けんかごし》の突っ走るだけだった私のギターが、いつしか「知性がある」とまで言われるようになった。だが、あと五年、あと十年、ステージの上でギターを弾いていけるだろうかと不安がよぎった。歌もイマイチ、ルックスも衰えはじめ、作る曲もシングルカットされるほどではないギター弾きの私では、プロデューサーへの道も難しい。やはりスタジオにこもるしかないのかと暗く思っていた矢先、ミクリのバックバンドの話がきたのだ。私はギターが弾ければ何でもよかった。

「ミクリはあれかい、やっぱ、こっち？」

遠まわしにベーシストが聞いてくる。笑うところではなかったが笑っておいた。

「バイだと思うよ」

「迫られた？」

「同棲《どうせい》してくれって頼まれた。本人とマネージャーの両方に」

　枝毛だらけの長髪を振って彼は大きな息を吐き「ま、そーゆーこともあるでしょ」と、憤慨するでも同情するでもなくフラットに言っただけだった。

　楽屋に戻るとミクリがCDプレーヤーにヘッドホンをつなげて何か聴きながら、エクレアをぱくついていた。びっくりした顔で私を見、さっとCDケースをスカートの裾《すそ》に隠す。ジャニーズでも聴いていたのだろうか、くらいに思って絨毯《じゅうたん》張りの床に座り込み、立てかけてあったアコースティックギターを抱えた。適当に弾いていると、いつも笑顔のミクリが白い顔で黙ってこちらを見ていた。

「言うの、やめようかと思ってたんだけど」

　芝居がかった口調で彼女が口を開く。

「何？」

「これ。わたしの宝物」

　差し出されたCDにさすがに目を瞠《みは》った。私の最初のバンドがインディーズで出した、たった一枚きりのアルバムだった。

「あんた、それ」

「お姉ちゃんに初めて連れていってもらったライブハウス。あたしまだ小学校の五年生だった。それからずっとハナ丸が好きなの。レズで気持ち悪いとか思うなら思っていいよ」

そう言い捨ててミクリは立ち上がった。エッチくさい白い足が楽屋の外に消えていった。


オンエア。司会の軽口にハイテンションで答えるミクリを、先にスタンバイしている私は半ば放心して眺めていた。

テレビ局の廊下ですれ違った誰かが「口パクじゃないだけマシじゃない」なんて言っていた。学生時代の同級生が、私が初めてテレビに出た時「すごいね。芸能人だね」と電話で言ってきた。そんなことを思い出しているうちに彼女がスタンバイし、こちらに背中を向けたまま左手を高く上げた。

バンドはいつか終わるもの。でも音楽は続いてゆく。

カラメルみたいな甘くて苦いボーカルに乗って音がサーチライトのように走り抜け、私の両手が勝手に魔法を生み出した。まだ弾かれることを待っている未来の音がそこにあった。

庭

母が急逝《きゅうせい》して三ヵ月がたった。人間いつどうなるか分からないと理屈では知っていても、母の死はあまりにも突然だった。私はここ数年、まとまった休みのとれる年末年始は家をあけて海外で過ごすことが多かった。どうせ実家に住んでいて、毎日のように顔を合わせているのだから、正月だからといって特に家族と過ごそうとは思わなかったのだ。今年も正月は恋人と南の島に行き、仕事が始まる前日に慌ただしく帰国した。私の好きな数の子と伊達巻《だてまき》を母はとっておいてくれて、それを仕事始めの朝に母の小言を聞きながら食べた。もう何年も新年を母と一緒に迎えていなかったことを今更後悔しても遅い。もう二度と母の作るお節《せち》を食べることはできないのだ。

あれは成人の日の翌日だった。朝、母は寒気と頭痛がすると言い、定年間近でもうそれほど仕事が忙しくない父が会社を休んで母を病院に連れて行った。私は確か「寒いのに庭いじりなんかするから風邪ひくのよ」と言った。その日の昼過ぎ、会社に父親から電話がかかってきて、母の容態が急に悪くなったので帰って来いと言われ、慌てて病院に駆けつけた時にはもう母の瞼《まぶた》は固く閉じられていた。昨日までまったくいつも通りで、雛菊《ひなぎく》の霜よけなんかを取り替えていたのに。

ひとつ違いの弟が転勤先から急遽《きゅうきょ》戻ってきて通夜と葬儀を終えた。身近な人を亡くすのは初めてだったが、父はもちろんのこと、私も弟も社会に出て十年近くたつので葬儀の段取りは分かっていたし、やることがいっぱいあったので、それをいかに合理的に片づけていくかでしばらくはあまり悲しい気持ちが湧いてこなかった。涙は出たのだが、なんというか会社でトラブルに立ち向かう時の気持ちに似ていて、自分の母親の葬儀という気がしなかった。慌ただしく弔問客に頭を下げながら、どうして隣に母がいないのか不思議に思った。

四十九日と納骨を終えると急にすることがなくなった。そこには母親の趣味で建てられた大きな出窓にレースのカーテンがかかった少女趣味の一軒家と、母の趣味で飾られた庭と、その住人としてはまったく似つかわしくない定年を迎えた父、働き盛りで家には寝に帰ってくるだけの娘が残された。弟はさっさと転勤先の大阪に帰ってしまい音沙汰《おとさた》がなくなった。

「どうすんだ、この庭」

春のある休日、昼過ぎに起きだしてきた私に父が言った。

「どうするって？」

「こんなに咲いちゃって」

父も私も花になど興味がなかったのでじっくり見たことがなかったのだが、春の花壇には色とりどりの花が咲き乱れていた。チューリップ、クロッカス、水仙、フリージア、あとは名前も知らない花々。

「お父さん、手入れすれば。時間あるんだし」

寝ぼけ眼で軽く言い、私は父の不機嫌な顔を見て失言に気がついた。定年だけでも大きなストレスなのに、その上、父は定年後の長い時間を共に過ごすはずの母を失っているのだ。

「俺は花なんか興味ない。だいたいこんな家に娘と二人で住んでるのもこっぱずかしいのに。どうだ、ここ売り払ってそれぞれマンション買うか。その方が楽だ」

殊更明るく父は言ったが、私は曖昧《あいまい》に首を傾げておいた。定年後の父親ほど扱いにくいものはないと聞いていたが、まったくその通りだ。ゴルフ以外趣味らしきものがない父は時間を持て余しているようなので、料理やパソコンの教室にでも通ってみたらと勧めても「くだらない」の一言がかえってくるだけだった。だいたいこの役は本来なら母が引き受けるものだったのに、何故私が父の鬱憤《うっぷん》をぶつけられなくてはならないのだろうと、少し天国の母を恨んだりもした。

それでも父は、母がいなくなった家で一人、必要に迫られて掃除や洗濯、簡単な料理を自分でするようになった。仕事一筋で何も家のことはできない人かと思っていたが、やれば案外器用にこなした。困ったことといえば、以前は私の帰宅時間になどうるさくなかったのだが、今は頼みもしないのに夕飯を作って待っていて、いちいち「遅い、何してたんだ」と言われることだった。

母がいなくなったことで、私の家事分担も当たり前だが増えた。下着なんかを父に洗濯させるのは気がひけたし、クリーニング屋通いとアイロンかけは私の仕事になった。朝食は私が作り、夕飯は父が作る。その片づけは料理をしなかった方がやる。私は会社が退《ひ》けると父に電話をし、遅くまでやっている駅前のスーパーで必要な物を買って帰った。

こうして日常生活の役割分担がなんとなく決まっていった。そしていかに、私と父が母に多くの負担をかけていたか、逆に母がいかに私達を甘やかしていたかを知った。もう三十一にもなるというのに、私は起こしてくれる人がいなくなって、何度か会社に遅刻したくらいだ。

「お前、付き合ってる男がいるんだろう。さっさと結婚しちまえ」

庭の花を眺めながら父はなおも言った。私はそのカーディガンの背中を眺める。スーツやゴルフウェアでない姿の父はやけに老けて見えた。私は母とはいろいろ話をしてきたが、父とは用事以外のことをあまり話したことがない。長年同じ家で暮らしてきたが、この人が本当はどう思っているのか今ひとつ分からなかった。

「でもお父さん、一人で暮らせるの？」

「馬鹿言え。今でも一人みたいなもんだ」

そうだな、となんとなく思った。母の死を乗り越えようと二人で努力はしてきたが、一緒に暮らせて嬉《うれ》しいという感覚からは程遠い。父が心配ではないといったら嘘だが、それこそ近所にマンションでも買って別々に住んだ方がいいのかもしれない。何しろ母の作り込んだ花いっぱいの庭だけは、二人共手入れをする気になれないのだから。ローラ アシュレイの花柄の壁紙に囲まれて、無骨な父とがさつな私が暮らすのは何か違う。ここは母の家だったのだ。

父が本気でマンションのモデルルームを見に行きだした五月のはじめ、ポストに母宛の封書が舞い込んだ。ダイレクトメールのようだったので開けてみると、それはイギリスの観光局が日本人向けに作ったガーデニング講座ツアーの申込書だった。そういえば去年の暮れに「こんなのを見つけたから行ってみたい」と母からパンフレットを見せられた記憶がある。手紙を読むと母はもう予約金を振り込んでいて、あとは残金を支払うだけになっていた。半年も前から申し込んでさぞ楽しみにしていたのだろう。

一応父にそれを見せると、煙草をくわえながら「俺が行ってこようかな」と意外なことを言いだした。

「でもお父さん、それホームステイだよ」

「それがどうした」

父は飛行機と英語が大嫌いで、母に無理矢理連れられてハワイに一度行ったことがあるが、それでももう二度と外国はごめんだと言っていた。

「それに、参加するのだってガーデニングおばさんばっかりだと思うな」

父は唇を尖《とが》らせて何やら考えた後、乱暴に申込書をテーブルに投げだした。

「あいつが楽しみにしてた旅行なんだから、俺が行って写真でも撮ってくる。どうせ暇だしな」

父と母は趣味嗜《し》好《こう》が合わず、あまり仲のいい夫婦とはいえなかったが、連れ合いを亡くしてみればそういう気にもなるのだろう。これをきっかけに庭仕事にでも興味を持ってくれたら私も助かるので、それ以上反対はしなかった。

私の思惑は外れたようで、十日間のイギリス旅行から戻ってきた父に、特に変わった様子はなかった。「どうだった？」と尋ねても「ガーデニングばばあがいっぱい来てた」と憎まれ口を叩《たた》くだけだった。写真を見せてもらうと、見事なバラ園や、その前に立つおばさま方に混じって仏頂面の父が立っていた。ホームステイ先で撮ったらしい、外国人家庭の人達に囲まれている父は、困ったようにうっすら笑っていた。

だが旅行から戻って少したつと、父に変化が見られた。家を売り払ってマンションを買うと口癖のように言っていたのに、いつしかそれを言わなくなった。そして私に隠れるようにして、何やら庭の雑草を抜いたりしていた。

そして七月の最初の日曜日、一本の国際電話がかかってきた。父はちょうど買い物に出掛けていて留守で、私はつたない英語で冷や汗をかきながら応対した。どうやら父がホストファミリーに写真を送ったらしく、そのお礼だった。彼女はその家のおばあさんで、私が聞き取りやすいようにゆっくり話してくれた。

「あなたのお父様は大丈夫？」

彼女はそんなことを言った。元気なのかと聞かれたのかと思って、私はもちろん元気ですと答えた。

「彼は英語が話せなかったから理由が分からなかったけど、毎日夜になると子供みたいに大きな声で泣いていたのよ」

子供みたいに、というところを強調して彼女は言った。私は驚きに息を呑《の》み、少し迷ってから、今年母が亡くなったことを話した。遥《はる》か遠い国のおばあさんも言葉をつまらせ、そして泣きはじめた。

電話を切るとちょうど父の車が車庫に入ってくる音がした。私は慌てて涙を拭《ぬぐ》ったが間に合わなかった。

「なに泣いてんだ？」

父は私の顔を見るなり言った。どう言っていいか分からず首を振る。

「リコリスの球根買ってきたから、植えるの手伝え」

「……リコリスって？」

「彼岸花だよ。お前もこの家に住むつもりなら、少しは花のこと勉強しろ」

軽い足取りで、父はリビングのガラス戸を開いて庭へと出て行った。

冒険

私は生まれてから三十一年間、冒険をしたことがなかった。大学進学の時に地方から上京し一人暮らしを始めたことが唯一の冒険で、しかしその後の十三年間は自分でも呆《あき》れるほどに堅実だった。社会人になってからも、自分の稼ぎだけで生活を維持してゆくことが不安で不安で、そこそこの給料を貰《もら》えるようになってもまったくその寄るべなさは解消されなかった。だから私は結婚をしたかった。養ってもらって楽をしたいのではなく、誰でもいいから（でもなるべく頼りになる人に）心から親身になってくれる人がほしかった。

けれど人生は思うようにはいかないものだ。勤め先は学習参考書を主に出している出版社で、私はその会社の総務にいた。会社の中の人間関係は狭く、特に総務には絶対定年まで辞めないであろう年配の女性が二人いて、この人達とうまくやることが私の仕事のすべてと言ってもよかった。このままではいけないと安い英会話教室を探して通ってみたりもしたが、期待していた出会いはなかった。それ以前に動機があやふやな私は、誰かとちょっと親しくなっても、目標を持ってどんどん上達していく人達に置いていかれた。

ベンチャーの会社で人を捜しているからこないか、と言われたのはまさに三十一歳の誕生日だった。祝ってくれる人もなく、惰性で続けていた英会話のクラスの女性と授業の後で軽く食事をしていた時だった。特に親しい人ではなかったけれど、それ故、つい膠着《こうちゃく》していた自分の生活について愚痴ってしまった。黙って聞いていた彼女が「じゃあ、知り合いが働いてくれる人を捜してるから会ってみたら」と突然言いだしたのだ。

彼女がその会社の実情を知っていたのかそうでなかったのか今更考えても仕方ないが、あの時私は道を踏み外した。どうしてキャッチセールスなんかに引っかかる人が世の中にいるのか常々不思議だったが、私はそのベンチャー企業に転職し、こんなにも簡単に人は騙《だま》されるものなのだと知った。

話を聞いてみるだけのつもりで、私は次の土曜日、その立ち上げたばかりだという情報サービス会社を訪れることにした。ベンチャービジネスという言葉に夢を持つほど無知ではないつもりだったが「ところでベンチャーってなんだ？」と辞書を引いた。新技術や高度な知識を軸に、大企業では実施しにくい創造的・革新的な経営を展開する小企業。辞書を置き、そんな会社が私のような無能な人間を雇ってくれるわけがないと苦笑いしたのも、今思えば落とし穴のひとつだった。

その事務所は一等地と呼べるビジネス街のビルのワンフロアにあり、予想をはるかに超えて広く近代的だった。目の前に広がったオフィスはひとつひとつのデスクがパーテーションで区切られ個室に近く、それぞれのブースにパソコンが置かれていた。インテリアもグレーと赤で統一され、まるでハリウッド映画のセットのようだった。いかにも秘書です、といったふうの女性が現れ、お待ちしておりましたと言った。彼女のあとについて歩きながらフロアを眺める。土曜日だというのに何人かの人がこちらには目もくれずにパソコンに向かっていた。ふと足元を見ると、床の隅で寝袋から半身を出し、死んだように寝ている人がいてぎょっとした。そして私は応接室ではなく、いきなり社長室に通された。

私を出迎えたのは見上げるような大男で、ブランドは分からないが明らかに金のかかったスーツと腕時計を身に着けていた。社長は人のよさそうな笑みを浮かべ、名刺を丁寧に渡してきた。それに目を落とすとジョン・A・サカイと名前が書いてあった。どこから見ても日本人だが、華僑《かきょう》の血でも入っているのだろうか。

「すごいですね」

勧められたソファに腰を下ろし、幼稚で正直な発言をしてしまった。社長はいやいやと謙遜《けんそん》とも自慢ともとれる様子で首を振る。そしてジョンは弾丸のように話しはじめた。この会社を興した経緯、香港にある本社、出資企業の名前を連ね、ベンチャーキャピタル、上場予定、インセンティブ、ストックオプションとベンチャーらしい単語を織り込み、私のような一庶民に何故だか熱弁をふるった。日本語なのに英語学校のリスニングコースよりも意味が入ってこなくて、私は諦《あきら》めて社長の顔ばかり見ていた。五十代に入ったか入らないかくらいに見えるが、整った顔をしている。厚みのある体は脂肪ではなく筋肉だろう。禿《は》げて冴《さ》えないうちの社長とは大違いだ。

「で、いつから来てもらえますか？」

ジョンのその一言で私は我に返った。いや、返ったのではなく、我を忘れた瞬間だった。


「いやー、あたしとしたことが騙された」

鍵《かぎ》をかけた会議室の中で声をひそめ、水城さんは言った。同時期に入社した二十七歳の彼女は前髪をかきあげ派手に溜《た》め息《いき》をつく。

「ベンチャーなんかどこもこんなもんだろ。それにしても、俺ももう少しマシだと思ったんだけどな」

会議室に備え付けのパソコンの前に座り、仕事なのか遊びなのか、３Ｄの鮮やかな画像を作りながら中島君が言う。私と水城さんより少し早く入社した二十五歳の男の子である。

私達三人は入社時期が近いことと、同じようにあの社長にしてやられたことで、こうしてつるんで愚痴を言い合うことが多かった。

前の会社をジョンに言われるますぐに辞め、ここに転職してから三ヵ月。うさんくさいのは承知の上で「はじめての冒険」に胸をときめかせていられたのは一ヵ月だけだった。

ジョンが最初に言ったことのほとんどは嘘で、ほとんど詐欺だった。最初の給料明細を見た時、聞かされていた基本給より十万も安いのに驚いた。残業どころか休日出勤の手当もついておらず、通勤費さえ振り込まれていなかった。社長に言われるまま身を粉にして働いたというのに。多少貯金があってもこれではとても生活していけない。

だいたいうちはウェブ上の女性誌を運営するのが基本の会社なのに、そのサイト自体、私が見ても面白くもなんともなく、社長は世界的にするのだと言って、日本語バージョンより英語バージョンのコンテンツを先に進めていた。しかもそれを書いているのが英検三級、海外旅行はグアムにしか行ったことのない私だった。それを二十五歳パソコンおたくの中島君が最新のプログラムを駆使して見栄えだけをよくしている。それも社長の指示で、要するに読者ではなくスポンサー受けのよいサイトを作れということだった。うちの古いパソコンでそのサイトを見るには重すぎて、十分も待たないと立ち上がらない始末だ。

ワンマン社長の思惑は、何もかもが株を上場することだけに集約されていた。アルバイトに押させているものすごい数字のアクセス数、見た目だけの最先端のサイト、投資元を増やすためのハッタリのプレゼンテーション。そんなものに騙される投資家が案外たくさんいるのが私には最も理解できないことだった。

「独立しちゃおうか」

脱力しきった顔で水城さんが投げ出すように言った。昨日ある文化人を招いたイベントがあったのだが、その肝心の文化人を誰にするかがギリギリまで決まらず、集客できそうな有名人からはことごとく「そんな急でスケジュールがあいているわけがない」と断られ、結局もう旬を過ぎた女流作家に直談判《じかだんぱん》しに行って何とかしたのは彼女だった。

水城さんは以前中堅のネットプロバイダの営業部にいて、あまりにも成績がよく、売り上げマージン制だったので、あっという間に自分の父親の年収を追い抜いたそうだ。それが災いして家族との間に溝が入り、会社では男性社員に露骨に嫉妬《しっと》され、疲れ果ててここへ転職してきたと言っていた。聞いた時はどこまで本当の話かと思っていたが、社長と共に投資家に嘘八百を並べる姿を見て、あながち嘘ではないなと思えた。そんな優秀な彼女でさえ、給料を不当にカットされている。もちろん不満を訴えてはいるのだが、そこは百戦錬磨の詐欺社長なので、時にはのらくらと、時にはやくざ紛《まが》いにすごんでみせて社員達の訴えを退けていた。当然ながら、私達が入った頃の社員はもうみんな諦めて退職金も貰わずに辞めていた。そして毎日のように社長に誘惑され新人社員が入ってくる。辞め時なのは確かだが、独立なんて私には思いつきもしなかった。

「スポンサーもいくつかは私が引っ張ってこれるし、中島君がきてくれれば、あんなクソ社長よりよっぽど金になることできるよ」

中島君は以前、設計会社で図面をひいていたそうだ。何故辞めたのかは「飽きたから」としか言わない。

「そうだな。一発当てたいしな」

モニターに目を向けたまま彼も呟《つぶや》いた。一発当てる、と私も小さく呟いてみた。ネットが好きなわけでも、社会のために何かしたいわけでもない。ただ「一発当てる」ことに情熱を傾ける二人が、私には社長と同じように見え、黙っているしかなかった。前の会社を辞めたことを後悔しても、もう遅い。すべて自分が招いた結果だった。

それから明らかに彼女と彼は私を避けはじめた。この三カ月、ほとんど三食を共にし何度も一緒に徹夜で仕事をしたのに、ショックだった。本気で独立する気になって、そこには何もできない平凡な私など必要ないのだろう。そうなってみると、当然だと思いつつも大きな憤りが胸の中に芽生えてくるのを私は感じた。

ある日、私は社長に内線電話で呼び出された。ちらりと二人がこちらを見るのを感じつつ、レディースコミックを無心に読んでいる社長の愛人である受付嬢の後ろを通り過ぎ、社長室をノックした。入社勧誘をした時以来の外面笑顔で、ジョンは私を待っていた。何がジョンだ。本名は坂井一郎のくせに。

「私も自分のかわいい社員にこんなことを聞きたくはないし、君も同僚のことを悪く言いたくないだろう。それは十分わかってる」

社長のデスクの前に立ち、うなだれるのは嫌だったので、私は社長の肩越しに見える窓の外の巨大な広告看板に視線を向けた。

「水城君と中島君のことだけどね。君なら親しいし、何か知ってるんじゃないかね」

水城さんと中島君は、今せっせと会社にある高いソフトや顧客名簿を自分のパソコンに移しているところです。そう胸の内で呟いた。

「どうだね。君のことは悪いようにはしない。ストックオプションの件は前に話したが」

「いいえ。あの二人から私は無能扱いされていますから何も知りません」

社長の言葉を遮り一気に言った。口を開きかけた彼に私は一礼し、振り返らずに社長室を出た。

そのままデスクに早足で戻った勢いで、私は二人を顎《あご》で呼んだ。さすがに彼らもまずいと思ったのか、慌てて私のあとをついてきた。他に場所も思いつかなかったので、そのままエレベーターで屋上に上がる。まだコートなしでは寒い季節だったが、初めて上がった屋上は街並みが見渡せて爽快《そうかい》だった。

「ジョン、何て言ってた？」

水城さんが勢い込んで聞いてくる。本当は「何を喋《しゃべ》ったか」を聞きたいくせに。

「独立するなら私も入れて」

何を言ってるんだとばかりに、彼女と彼は顔を見合わす。

「私みたいなのには何もできないと思ってるんでしょうけど、大間違いよ」

「どういう意味？」

「あなた達、うさんくさいのよ」

また二人は互いの顔を見る。

「自分達じゃ気がついてないでしょうけど、そんな金金金って顔に書いてあるようじゃ、まともな人には一発で見抜かれるわよ。あなた達に足りないものを私は持ってる。私にはあなた達には分からない、普通の感覚を持った普通の人達の気持ちが分かるもの。本当に一発当てたいなら、うさんくささくない私を雇うべきだと思う。あなた達が作れるのは外側だけじゃない。私が中身を作る」

自分をアピールしたのは生まれて初めてだった。今喋っているのは本当に自分なんだろうか。うさんくさい人達に囲まれて、変なものに私は憑依《ひょうい》されたんじゃないだろうか。

北風に髪をあおられてぽかんとしている水城さんの横で、中島君が爆笑しはじめた。私は唇を嚙《か》んでうつむいた。ビルの下からビールの広告看板の女優がにっこり笑って私を見上げていた。

初恋

初恋は十二歳の時だった。中学校の入学式の日、学級委員長に任命された男の子に一目ぼれした。あちこちの小学校から寄せ集められた公立中学の一年生のクラスでは、とりあえず一学期の委員長は成績が一番いいと思われる生徒を教師がピックアップするのだ。副委員長は希望者がいたらということだったので、私が迷いなく手を挙げたら、教室中から「なんだこいつ」という目を向けられた。今思い出しても顔から火が出る思いだが、子供の頃の私は両親に愛されてすくすく育ち、本当に無邪気で恐いもの知らずだったのだ。

そして私は生まれて初めて人間を恐いと思った。好きな男の子は恐い。嫌われたら恐い。だからせっかく一目ぼれした男の子と何かの委員会に出たり学級会の司会進行をしたりしても、嬉《うれ》しい気持ちよりも緊張感で萎縮《いしゅく》してしまい、よく彼に馬鹿にしたような顔で見られた。二学期からはちゃんと選挙で委員が選ばれ、彼は委員長のままだったが私は副委員長から外され、落胆よりも安堵《あんど》を感じた。それから私は中学三年間、ひそやかに彼を観察する幸福で満たされた。彼は勉強だけでなくスポーツも万能で、一年生のうちからサッカー部のレギュラーになった。サッカー部はうちの学校では花形だったので練習や試合を観戦する女の子がいっぱいいて、私は女の子達にまぎれて彼の写真をたくさん撮ることができた。

好きで好きで好きで。わけがわからないほど好きで。でも無愛想でほとんど女の子と口をききたがらない彼にはチョコレートを渡す勇気さえ出なかった。私にできそうなことは彼と同じ高校を目指すことだけだったので、それはそれは必死で勉強した。一年生の一学期だけだったが委員長と副委員長だったので、ほんの時折登校時に挨拶《あいさつ》すると「おう」と返事がもらえた。たったそれだけのことが私には最大のご褒美で、一週間くらいはご機嫌で過ごすことができた。

その彼が三十一歳になった今、居酒屋のカウンターで隣に座っている。何度会っても感慨深く、私はこっそり甘い息を吐くのだ。

「溜《た》め息《いき》つくなよ。疲れてんのはお前だけじゃねえんだからな」

煙草に火を点《つ》けながら彼が嫌な顔をする。私は慌てて笑顔を作った。

「ごめんなさい。ついちょっと」

「まったくなあ。どいつもこいつも」

煙を噴き出す横顔に私はまたとろんと見とれる。彼は学生時代とまったく変わらない。つり気味のくっきりした目元。稜線《りょうせん》のはっきりした鼻には今は眼鏡がのっているが、顎《あご》の形も指先も、大きい掌《てのひら》も一八〇近い身長も肩幅も、私が昔みっちり観察したままだ。

「あんな会社は見切りつけた方がいいかな。自分でやった方がよっぽど儲《もう》かりそうだし」

「そうだね。日向君は人に使われるより使った方がいいと思うよ」

「簡単に言うな。会社ひとつ作るのにどんくらい金と手間がかかると思ってんだ」

自分で意見を言っておいて、それに賛成すると否定する。そんな意地悪さえ私に心を許しているからだと可愛く思えるのだから、やはり私はどうかしているのかもしれない。

私は日向君と同じ高校に入ることができたが、彼は中学の時と同じようにほとんど私のことを無視した。私が彼を好きなことは高校の時には有名になっていたが、彼は私などお構いなしに他の女の子と付き合いはじめ、私に告白もさせなかった。悲しくて泣いたことは事実だったが、慣れというのは恐ろしいものでだんだん私の中で永遠の片想いという状態が普通になっていった。彼が誰と付き合おうが別れようが、高校卒業間近には廊下なんかで彼と世間話までできるようになった。好きだけれど友達止まり。それでいいという境地に達し、いつか自然に彼以外の好きな男の子ができるだろうとまで思うようになった。だから大学はもう彼と同じところに行こうとは思わなかった。私は絵が好きだったので美大に進み、彼は理系の大学を受験して失敗し、フリーターのようなことをしていた。

しかし、せっかく諦《あきら》めの境地に佇《たたず》んでいたのに神様は意地悪だ。高校を出て三年後、地元の駅でばったり彼に再会し、話が弾んでお酒に切り替え、その夜ホテルに誘われた。長年片想いをしていた私にとって夢のような出来事だった。何しろあいかわらず私の部屋には彼の写真がアイドルのポスターのように貼ってあって、美大でも恋愛感情を持てる男の子を見つけられずにいたのだ。

当然私は日向君にのめり込み、軽い気持ちだった彼は私の思い詰め方が鬱陶《うっとう》しいと離れていった。たった三ヵ月。付き合ったともいえない期間で私は彼から「二度と連絡してくるな」と言われた。人に話すとひどい男だとみんな言うが、私はそんなふうには思わなかった。初めて寝たのが十二歳の時から好きだった人で、それはそれで達成感があり、変に期待を持たされるよりは、はっきり嫌われた方が精神的にもよかったからだ。

だが、もう二度と会うことはないだろうと思っていた人がまた隣に座っている。社会人になって五年目、魔が差して年賀状を出してみたら彼から連絡があったのだ。それから私達はこうして月に何度か会っている。といっても誘ってくるのはいつも彼で、私は小さいデザイン事務所に勤めているため時間に融通がきき、彼に呼び出されれば仕事も先約も放って飛んでゆく。

それでも私は幸せだった。彼といると緊張して、中学生の時の無能だった自分に戻ってしまう気がした。彼はもう結婚していて子供もいる。なのに気まぐれでホテルに誘われても断ることなどとてもできなかった。私を呼び出しては仕事と家庭の愚痴を言い、店の払いもいつも割り勘だ。

「あー、まったく俺の味方はお前だけだよ」

酩酊《めいてい》してくると彼は必ずその台詞《せりふ》を口にした。滅多に笑わない彼がそう言って笑顔を見せてくれるだけで、私はすべて報われたような気になるのだ。

ある土曜日、高校時代に美術部で一緒だった女の子の結婚式があった。当時仲がよかった三人の最後の一人が結婚したのだ。二次会の席で花嫁はあちこち挨拶するのに忙しそうだったので、私ともう一人の女の子で久しぶりにゆっくり話をした。

「どうよ、新婚生活は」

小さい子供のいる彼女は、今日は実家に子供を預けてきて飲む気満々だった。

「結婚したの、二年も前だよ。もう新婚じゃないって」

「そのわりにはなーんか幸せそうな顔してるよ」

誰にも打ち明けたことがなかったので、私はお酒が入った勢いでつい口を滑らせた。

「実はね、日向君と付き合ってんだ、私」

彼女は目を見開いてこちらを見た。

「日向君って、あのひーさま?」

そうだ。私は高校時代、陰で彼を「ひーさま」と呼んでいた。

「うっそ。いつから?」

「話せば長いんだけど、よく会うようになったのは三年前くらいからかな」

「ちょっとそれ不倫じゃない。ひーさまがいるのに、あんた他の人と結婚したの?」

「ひーさまだってとっくに結婚してて、お子ちゃま二人もいるもん」

驚いたのか呆《あき》れたのか、彼女はしばらく絶句していた。

「実はこのあとも待ち合わせしてるんだー」

今日は友達の結婚式があって遅くなっても大丈夫なことを日向君の携帯にメールしておいたら、案の定飲みに行こうと誘われたのだ。

「ちょっとあんた大丈夫なの?」

「何が?」

彼女は首を振った後「私にもひーさまを見せなさい」と言いだした。彼女と日向君は同じクラスだったことがある。私も見せびらかしたい気持ちがあったので頷《うなず》いた。彼は機嫌を損ねるかもしれないが、どうせ機嫌が悪いのはいつものことなのだ。

「ひーさま、今何やってんの?」

「普通のサラリーマンだよ。でも昔と全然変わってないの。恰好《かっこう》いいよ」

彼女が急《せ》かすので私達は二次会の席を抜け出し、待ち合わせの店に移った。大して待たずに日向君は現れ、手を振る私の横で、彼女はまたもぽかんと口を開けていた。

翌日の日曜日の午後、彼女から電話がかかってきた。「今話して大丈夫?」と前置きする。ちょうど夫はコンビニに行っているところだと私は答えた。

「ひーさまのどこが変わってないって?」

なんで怒るのかよく分からないが、彼女は怒りを含んだ声で言った。

「変わってないのは身長だけじゃない。頭は淋《さび》しくなってるし、腹は出てるし、私にまで関係ないことぐちぐち言って。初恋の人だからって、あんなのと会ってて楽しいの?」

「うーん。十二の時からずっと好きだからなあ」

「言いすぎかもしれないけど、気持ち悪いよ。変わってないのはひーさまじゃなくてあんたなんじゃない? 都合よくあんたを使ってるひーさまの方がまだ正常かもよ」

そこまで言うかとも思ったが、電話を切った後彼女の言うことはもっともだという気がしてくる。そこに夫が戻ってきた。雑誌やジュースや頼んでいないのに私の分まで肉まんを買って。私はお茶を淹《い》れ、ソファに並んで座ってそれを食べた。車の雑誌を無心に読んでいる夫に私は話しかける。

「ねえ、私って気持ち悪い？」

へ？　と夫がこちらを向く。

「いや別に」

「今晩、ちょっと事務所に行かないとならないんだけど、いいかな」

「いいよ。送って行ってやろうか」

さっき携帯のメールで、昨日は邪魔が入ったから今日また会おうと日向君から連絡があったのだ。優しくて穏やかで、私の仕事と夜遊びに嫌な顔をしない夫。この人を選んだのも日向君のためだった。独身の私を彼は警戒しているようだったので、私は結婚したのだ。日向君は口には出さなかったが、明らかに安堵《あんど》していた。夫のことを私は好きだったが罪悪感はまったくなかった。夫は恐くない。恐くないのは恋じゃない。いつか何か大きな天罰が下ったとしても、本望だとさえ思えた。

燗《かん》

午前中の十一時だというのに、私は待ち合わせのファミレスで迷わず生ビールを注文した。天気はよくても師走《しわす》の風は冷たく、本当は冷えていない酒が飲みたかったが、アルコールがそれしかなかったので仕方ない。起きぬけでまだ何もおなかに入れていないことを思い出しサラダも注文した。右隣は小さい子供を連れた四人家族、左隣はハイテンションな若いカップルで、ものすごく喧《やかま》しかったが、ファミリーレストランなのでこれも諦《あきら》めるより仕方ない。

煙草をくわえた私の前にビールとサラダが届けられると一瞬両隣の声が止まった。右側の父親からは羨《うらや》ましそうな、左側の茶髪の男からは軽蔑《けいべつ》したような視線を両頬に感じた。

ビールを半分飲み終わっても待ち合わせの相手は現れなかった。半年ぶりに夫に会うので、一応ちゃんと化粧をして、それなりにお洒落《しゃれ》もして来たのにすっぽかされたのだろうか。

「あの、すみませんが加代子さんでしょうか」

入り口付近の席で私と同じように生ビールを飲んでいた初老の男性が歩いて来て、唐突にそう言った。どこかで見た顔だ。

「そうですけど……」

どうして名字じゃなくて名前で？　と思ったところで気がついた。

「あ、お義父《とう》さんですか」

「そうです、そうです。いや、気がつかなくってすみません。あ、おねえさん、わたしこっちに移りますんで。ああ、加代子さんもビールですか。今日はすかっと晴れてビール日和ですよねえ」

彼はご機嫌で言い、私の前に腰を下ろした。夫の父親とは五年前の結婚式の時に顔を合わせたきりで、さすがの私も戸惑った。

「ええと、あの」

「うちの女房に暇なら行ってこいって言われましてね。本来なら正克が来ないといけないのに、急に仕事が入ったそうで本当にすみません。あ、オニオンリング少しどうですか？」

私は曖昧《あいまい》に笑ってみせ、胸の内で溜《た》め息《いき》をついた。仕事なんて嘘に決まってる。あの生真面目な義母に来られるよりはマシかもしれないが、夫から聞かされていた義父は「どうしようもないちゃらんぽらんな酒呑《さけの》み」らしい。酒呑みは私もそうだからいいが「どうしようもないちゃらんぽらん」では今日は困るのだ。

夫が部屋を出ていって半年がたった。前から外泊は多かったが、夫も私も会社は違うがマスコミで働いているので、それが本当に仕事なのか浮気でもしているのか知る術《すべ》はなかったし、仕事に追われ調べようとする気持ちの余裕もなかった。そしてある日、丸一週間夫が帰ってきていないことに気づき、携帯に電話をしてみたら、「しばらく別居しよう」と簡単に言われた。その理由も、どこにいるのかも夫は言わなかったし、私も聞かなかった。それがこの夏の出来事で、年末進行を終え、やっと一息つけたので夫のことを考える時間ができたのだ。

ずっと別居婚でいたいのか、それとも離婚したいのか、本当のところを尋ねたくて電話をしたが繋《つな》がらなかった。どうやら携帯の番号を変えたらしい。そのあたりで今更ながら怒りが込み上げてきた。何しろ二人の生活費に使っていた口座から、彼の携帯の料金がいまでも月に三万円近く落ちているし、三年前に買ったマンションのローンだって落ちている。なのに夫は半年前から一銭も入金していないのだ。会社に電話してみようかとも思ったが、以前それをやってものすごく嫌がられた思い出があるので、これ以上不愉快な思いをするのは御免だった。三十一歳という半端な年齢で離婚するのは恐かったので考えないようにしてきたが、こんなことになったのは私の方にも非があるのだろうし、何より夫の無言の意地悪に呆《あき》れかえって、すとんと離婚の決心がついた。

だから私は夫の実家に連絡したのだ。義母に簡単に事情を話し、「離婚してマンションを売り払いたいので彼に連絡してください」と頼んだ。義母はずっと怪訝《けげん》そうだったが、最後には一応「本当にご迷惑をおかけしました」と言った。その翌日、夫から今日の待ち合わせ場所と時間がそっけなくファックスで送られてきた。一言も書き添えられていないそのワープロ打ちのファックスを見て、私はそんなにも夫に対して悪いことをしたのだろうかと少し泣きそうになった。仕事は忙しかった。それはお互い様だった。だから家事が行き届いているとはいえなかった。彼は下戸《げこ》なので、私が酔っ払って帰ってくるのを嫌がった。でもそれだけだ。それだけでこの仕打ちか。

「なんか小腹もすいたし、ここはちょっと落ち着かないから蕎麦屋《そばや》でも行きませんか」

にこにこ笑ってお義父さんがそう誘ってきた。二人共とっくにビールのジョッキは空だったし、隣の子供が母親に叱られて大泣きをはじめたところだったので私は頷《うなず》いた。

いい蕎麦屋があるというので地下鉄に乗ってついていった。食欲はあまりなかったが、蕎麦くらいなら入りそうだ。その店は駅から十分ほど歩いた場所にあって、遠出するとは思っておらず薄手のコートで来た私はすっかり冷えてしまった。お義父さんのフリースのジャンパーがやたら暖かそうに見える。入った蕎麦屋は特に高級でも凝った造りでもなかったが、暖房がきいていて、お昼を過ぎたせいか空いていたし、店の人も感じがよかった。

「何を飲みますか？」

酒のメニューをこちらに見せて義父が笑っている。もしかして私がアルコール依存気味だと息子に聞いているのだろうか。

「じゃあ熱燗《あつかん》を」

「いいねえ。じゃあ、わたしもそうしよう」

彼は店の奥さんに慣れた様子で「熱燗とつまみを適当に」と頼んだ。なんだか急にほっとした。この人は大人で、酒の飲み方も私よりよく知っていて、任せておけばいいのだと思うと肩の力がふわりと抜けた。

「お義父さんは本当にお酒好きそうですね」

「酒より女の人の方が好きだよ」

「自分の息子の嫁に、なに言ってるんですか」

笑いながら言うと、彼は禿《は》げ上がった丸い顔をテーブルの向こうから近づけてきて悪戯《いたずら》っぽく囁《ささや》いた。

「いや、実は女房と先月離婚しちゃってね」

「は？」

「嘘だと思ってるだろう。参っちゃうけどこれが本当なんだよ。離婚届叩《たた》きつけられてね。まだお情けで住まわせてもらってるんだけど、今アパート探してるとこなんだ」

他人の噂話のように彼は言った。どこまで本当でどこから冗談なのだろう。

「どうしてまた？」

「いやあ、酒でまた仕事をクビになったからじゃないかな。道端で寝ちゃって留置場に放り込まれたのも何回目か分かんないし」

「うわー、それは負けました」

「だろう？　加代子ちゃんには負けないよ」

はははと声を合わせて笑い、この人とは妙にテンポが合うなと思った。親子だから当たり前だが色白の丸い顔は夫とよく似ている。夫ともこうやって笑いあえた時があったのになと思った。

お銚子《ちょうし》と共に出てきたつまみは塩こんぶと佃煮《つくだに》と焼き海苔《のり》だった。さささどうぞ、と彼が酒を注いでくれる。口をつけると毛細血管まで一気に日本酒がまわった気がした。

「うー、沁《し》みる」

「うまいだろう。ここの燗は熱すぎなくていい温度なんだ。人肌燗ってやつだ」

た。


「そうなんですか」

「なんだ、酒呑みのくせにそんなことも知らないのか」

「家でレンジでチンするだけですもん」

お義父さんはこの日はじめて厳しい顔になって、日本酒の温度について説明してくれた。冷《ひや》といっても、雪冷え、花冷え、涼冷えとあり、お燗も日向《ひなた》燗、人肌燗、ぬる燗、上燗、熱燗、とびきり燗とあるそうだ。

「一番熱くても五十五度までだよ。それ以上にしたら酒じゃない」

やたらおいしい焼き海苔を齧《かじ》りながら私は苦笑いをした。同じ酒呑みでも私は彼と違って、アルコールならなんでもいいという最低レベルだ。この二年ほど私には飲まずに眠る夜はなく、外で飲んでこなかった日は必ず寝酒をあおっていた。いつだったか不覚にも酒を切らしてしまった日があって、もう一年近く使っていなかった料理酒を、それこそ電子レンジで温めて飲んだのだ。それを夫に見つかって冷ややかな一瞥《いちべつ》をくらったこともあった。

二人でお銚子を三本あけて、お義父さんに勧められるまま牡蠣《かき》の天ぷらが載ったお蕎麦を食べた。そこで彼がアパートを見に行く時間になってしまい、肝心の話をまるでしなかったので「また近いうちに」と約束して別れた。今度はいい日本酒を持ってマンションに来てくれるというので、久しぶりに部屋の掃除をしようとなんだか楽しく思った。

その日の夜にお義父《とう》さんから「もしよかったら大晦日《おおみそか》に行ってもいいですか」と電話がかかってきた。一瞬迷ったものの、仮にも夫の父親だし、もう歳だってたぶん六十くらいなのだろうし、変なことになるわけないと思ってそうすることにした。

彼は大晦日の午前中からマンションに来て、簡単なお節を作ってくれた。手伝われるとかえって邪魔だというので、私は部屋中の窓を拭《ふ》いて日中を過ごした。

その夜、彼はかっぱ橋で買ってきたという錫製《すずせい》の水差しのような器と温度計で熱燗をつけてくれた。テーブルには簡単なつまみが並び、私達はまたもや話さなければならないことは話さず、大晦日のくだらないテレビを見ながら笑った。

「そういえばアパート決まったんですか」

紅白で小林幸子の出番が終わった頃、ほろ酔いで聞くと彼は首を振った。

「この歳で無職だからねえ」

「ここに住めばどうですか」

「そうすっかなあ。加代子ちゃんに食べさせてもらうかなあ」

お義父さんが温めたお酒はぬるめで、日向燗という三十度くらいのものだった。ゆず胡《こ》椒《しょう》をそえた年越し蕎麦を作ってもらい、ソファに並んで座って行く年来る年を見ながら食べた。そのあとは喉《のど》が渇いたと言ってビールに切り替え、深夜まで飲み続けた。

私はトイレに立った帰りに部屋の電気を消し、テレビの明かりだけになったソファに千鳥足で戻って、お義父さんのセーターの肩に頬を寄せた。暗闇の中に満月のように明るいお義父さんの笑顔がそこにあった。私が飢えていたもの。人肌と日向。それがまわした腕の中にあった。

ジンクス

最近僕の彼女は挙動不審だ。なんだか変に優しいのだ。結構なことではあるが、言いたいことをはっきり言える凛《りん》とした彼女が好きな僕は、明らかに怒っているのに我慢して微笑まれると尻《しり》のあたりがどうも落ち着かない。

昨日の土曜日、本当は彼女の部屋に行く約束だったのだが、急に学生時代の友人達に飲みに誘われ、日曜日にしていいかなと電話でお伺いをたてた。すると彼女は少し黙ったあと「久しぶりに会うお友達なんでしょう。私の方は構わないから楽しんできてね」なんて、柄にもないことを言っていた。ドタキャンすると怒って一週間会ってくれなくなる彼女が。早めに行くよと言ったにもかかわらず、目がさめたらもう午後三時を過ぎていて、電話したら絶対怒られると思って連絡せずに僕は彼女のところへ向かっている。彼女の部屋までは地下鉄と私鉄を二回乗り換えて一時間半ほどかかる。以前はもっと近いところに住んでいたのだが、彼女が内緒で猫を飼っているのが大家にばれて先月引っ越したのだ。せっかく引っ越すならばと、ペット可で以前より広く、会社に行くにも便利で家賃もそう高くないところにしようと、二人で不動産屋を何軒も回った。そして苦労した甲斐《かい》があり、いい物件が見つかった。場所は東京都の外れだがメゾネットタイプの広い部屋で、階段を上り下りできて猫も嬉《うれ》しそうだし、寝心地のいいダブルベッドを彼女が買ったので僕も嬉しかった。多少遠くなったが、行けば泊まらせてもらえるのだから問題ない。実は「これを機会に一緒に暮らしましょう」と彼女が言ってくれないかと期待していたのだが、七歳年下の僕など同棲《どうせい》相手にはしてもらえないようだった。

「いらっしゃい。ゆっくりだったのね」

叱られるとばかり思っていたのに、彼女はドアを開けると笑顔で言った。部屋の奥から出汁《だし》のいい匂いが漂ってきている。

「ごめん。昨日遅くまで飲んじゃって」

手土産の、僕にしては張り込んだ二千円台のワインを渡すと彼女はまた笑った。

「ありがとう。二日酔いじゃないの？　ご飯作ってあるけど食べられる？」

「う、うん」

曖昧《あいまい》に頷《うなず》いて僕はジャケットを脱ぐ。足元に彼女の飼い猫がまとわりついてきたので抱き上げた。ワインを持ってキッチンに入ってゆく彼女の背中を見送って「お前のねーさん、なんかあったのか？」と聞いてみたが、猫はごろごろ喉《のど》を鳴らすだけだ。

今日の彼女はジーンズ姿だが、休日だというのに珍しく化粧をしていた。付き合いはじめて一年半ほどになるが、あいかわらず僕は彼女に見とれてしまう。童顔なせいもあるが、すっぴんでも三十一歳にはとても見えない。化粧なんかしない方がかわいいのに。

　僕は会社の新人研修で彼女と知り合った。その時の講師が社員研修の企業から派遣されてきていた彼女だったのだ。一週間の研修が終わった後、このまま一生会えないのはどうしても嫌だと思ったので駄目もとで食事に誘ったら、「お茶なら」とオーケーしてくれたのだ。最初はメールアドレスしか教えてもらえず、メール攻撃をして携帯の番号を教えてもらい、食事に誘って土下座する勢いで交際を申し込んだ。私は七つも年上だけどいいの？　と問われて正直驚いたが、好きになったら年齢なんか関係なかった。

　年上の女性と付き合うのは初めてだったので、とにかく勝手が違うので最初は驚いた。急に会おうと連絡してもまず断られる。最低でも前日までにアポをとらないと会ってくれない。最初の半年はいくら遅くなっても泊めてもらえなかった。やっと泊めてもらえるようになっても彼女は手料理なんか出してはくれない。食べさせてくれるのは買い置きしてある（でもすごくおいしい）パンやチーズくらいだ。カラオケにもゲームセンターにも行かないし、クリスマスも仕事だからと会ってもらえなかった。喧嘩《けんか》をしても泣かないしわめかない。年下の女の子としか付き合ったことがなかった僕には、いちいち新鮮だった。

　大人の女性はみんなそうなのか、彼女はとても規則正しく暮らしていた。休みの日でも朝早く起きる。朝の儀式は洗濯と靴磨きで、彼女のパンプスはどれも念入りに手入れされて靴箱に並べられ、バスルームには真っ白なタオルがきちんと折って掛けられていた。仕事で遅くならない限り、彼女は毎日九時に風呂《ふろ》に入る。半身浴で三十分ほど本か雑誌を読み、三十歳の誕生日に自分で買ったというバカラのグラスで冷えた水を一杯飲み、顔や体にいろんな美容液をぬりたくってからやっとテレビを点《つ》ける。ニュースと天気予報を見ながらワインか冷酒を少し飲んで十一時にはベッドにゆく。それが彼女の日常で、予定以外に突然誘われたり、ドタキャンされたりしてペースを乱されるのを嫌がった。

そう友達に話したら「やな女だなあ」と言われたが、果たしてそうだろうか。いつも僕がどこで何をしているか考えてる女の子よりよっぽどいいと思うのだが。

そんな彼女が引っ越しをしてから急におかしくなった。ダイニングテーブルの上に彼女が次々とおかずを並べはじめる。急に僕のために「おふくろの味」みたいな料理をするようになったのだ。本人はキッチンが広くなったので料理に目覚めたと言い訳しているが絶対変だ。と思いながらも、そのいい匂いについ口元がゆるんでしまう。「おいしそうだねえ」と言うと、彼女は一品一品指さして説明した。

「新玉ねぎとアスパラの天ぷら。春キャベツのレモン漬け。あさりの酒蒸し。山椒《さんしょう》の木の芽で揚げたささみ。で、グリンピースご飯も炊いてあるよ」

「こりゃースプリングですなあ」

誉《ほ》めたのに、彼女は何故だかあまり嬉しそうでない。向かい合って座り「いただきます」と手をあわせて料理に箸《はし》をつけた。うまい。うまいがなんか尻がむずむずする。

「昨日は何人で飲んでたの？」

「ええと、大勢だったな。七、八人かな」

「女の子もいたの？」

「いたよ」

そこで沈黙が流れる。なんだこの空気は。雰囲気を変えようと僕は話題を捻出《ねんしゅつ》した。

「初物を食べる時、東を向いて笑うと何日長生きするんだっけ？」

「七十五日」

笑わそうと思って言ったのに、平然と即答されてしまい僕は言葉を失った。

「詳しいんだね」

「おかげさまで。歳の功ってやつ」

顔は笑っていても言葉に刺《とげ》があった。宴会に女の子がいたかとか、歳のことを持ち出して嫌味を言う人ではなかったはずなのに。

「夜、爪を切ると」と呟《つぶや》くと、「親の死に目にあえなくなる」とまた即答された。すると彼女は挑戦的に僕の顔を覗《のぞ》き込んで尋ねてきた。

「お赤飯をお茶漬けにして食べると？」

「え？　ええと、おいしい？」

「お嫁にいく日に雨が降るのよ」

別に険悪な話題ではないはずなのに、部屋の空気がもっと重くなった。そこで猫がにゃおーんと鳴き、彼女はなおも続けた。

「猫にイカを食べさせると？」

「……さあ」

「腰を抜かす」

なんだか分からないが微妙に腹が立ってきて「みみずに小便をかけると」と僕が言いだしたところで、突然彼女が椅子を蹴《け》って立ち上がった。そして大きな溜《た》め息《いき》をついてソファに崩れる。

「なんなんだよ。最近変だよ。俺、なんか悪いことした？　昨日のことだったら謝るよ」

隣に座ってうつむいた顔を上げさせると、なんと彼女は泣いていた。

「うわっ、泣いてる」

「なによ、うわって、失礼ね」

「だってさー、わっけわかんないよ」

とりあえず彼女の肩を抱くと、しばらくしくしく泣いていた。仕事でやなことでもあった？ 誰かに不幸でもあった？ と聞いても首を振るばかりだ。まさか違うだろうなと思いつつも、埒《らち》があかなくて聞いてみた。

「じゃあ結婚する？」

彼女は跳ねるように体を起こした。そしてソファの端に素早く移動して怯《おび》えた顔でこちらを見ている。

「なんだよその顔。言ってみただけだろ。僕なんかじゃつりあわないのは分かってるよ」

「そうじゃなくて」

彼女は大きな声でそう言った。

「今、ボイドタイムなのよ」

髪をかきむしり彼女は言った。見たことのない取り乱しようだ。ボイドタイム？

「知らないの？ 西洋占星術でいうとこの仏滅みたいなものよ。その時間に決めたことは白紙になる確率が高いの。だから私、あなたに会うのはなるべくボイドじゃないときを選んでたのに。なんで今言うのよお」

わけがわからなかったが、とにかく彼女がいつもの彼女じゃないことだけはわかった。

「ちょっと待ちなよ。ボイドだかなんだか知らないけど、仏滅でも結婚式する人はいるぜ」

「でも友引に葬式出す人はいないでしょう」

頷くしかなかったが、どうも納得いかない。

「ジンクスなのよ」

鼻をすすりながら彼女は言った。

「朝、靴を磨かないと仕事で失敗する。白以外のタオルを使うと体調が崩れる。引っ越しをすると付き合ってた恋人にふられる。だから不安になって柄にもなく料理なんかしちゃったのよ」

ティッシュで涙と洟《はなみず》を拭《ぬぐ》いながら彼女は訴えた。あまりの真剣さに爆笑したかったが、ここで笑ったらどうなるだろうと思うとちょっと恐かった。

「そんなに縁起をかつぐ人だとは思わなかったなあ」

「だって本当なんだもの。分からないでしょ。私、恐くてたまらないの。呆《あき》れたでしょ。馬鹿みたいでしょ。こんなおばさんと結婚なんかしたくないでしょ」

そう言って彼女があんまり泣くので、僕は彼女をベッドへ引っ張っていった。実は初めて見る彼女の泣き顔にむらむらしてしまったのだ。服を脱がせて抱きしめる。事の間も眠りにつくまでも彼女はずっと泣いていた。

その翌朝、彼女は早朝に起き出したようで、「会社に行くなら一回帰らなきゃいけないでしょ」と僕を叩《たた》き起こした。寝ぼけてリビングに行くと昨日残した夕飯はすっかり片づけられ、コーヒーとトーストが用意されていた。寝ぼけ眼でパンを齧《かじ》る。

「あーねむー。今日二人で会社休もうよ」

「なに言ってんの。早くパン食べて帰って」

はいはい、と呟いて僕はパンの耳を残して立ち上がった。

「あ、駄目じゃない。パンは耳が一番栄養があるとこなのよ」

大真面目に彼女はそう言った。僕はこらえ切れず腹を抱えて笑った。阿呆《あほう》なねえさんでよかったとものすごく気が楽になった。

禁欲

二十一世紀の最初の年に決めたことは、今年一年間、セックスをしないことだった。既に三ヵ月、私の禁欲生活は保たれているが、たかが「セックスしない宣言」をしただけで、いろんなことが激変していったことには正直いって驚いた。

まず恋人ランキング一位だった五つ年上の男から、「それじゃあ一年間会わない」とあっさり告げられた。私がセックス断ちを決心するきっかけを作ったのはそいつなので、この発言が誠意あるものなのか、ものすごく卑劣なのか私にも判断がつきかねる。去年のクリスマスイヴ、うちのソファで私と彼が一糸まとわぬ姿でつながっているところを奥さんに踏み込まれ（彼に渡してあった合鍵《あいかぎ》を奥さんがこっそりコピーした）、彼女が何故か持っていた三十センチのプラスティックのものさしで二人とも嫌というほど叩《たた》かれた。あとから考えると包丁じゃなくてよかったのだが、胸や尻《しり》にくっきり残った赤く四角い痕《あと》を見ると、子供の頃母親に竹のものさしでこうやって叩かれたなと思って情けなかった。不倫は不倫だが、私が誘ったわけではなく、彼の方がせっせとうちに通って来ては（ケーキひとつ持ってきたことはない）セックスだけして帰って行ったというのに、どうして私が叩かれないとならないのだろう。

　けれどそれはただのきっかけにすぎない。少し前から私の人生このままではいけないのでは、と漠然と思っていたのだ。十六歳で初体験をしてから三十一歳になるまでの十五年間、私の生活の中心は何はなくともセックスだった。やることが好きで好きでたまらない、というわけでは決してない。嫌いではないし、求められると断れないし、やればやったで気持ちがいいのでこんなものかと思っていた。

　自分が平均（なにをもって平均なのかは謎だが）よりもかなり多くセックスをしていることを知ったのは、二十五歳の時だった。自分では分からなかった驚愕《きょうがく》の事実を知らされた。私の内部は官能小説によく出てくるところの、ミミズ千匹であり、カズノコ天井であるそうなのだ。

　教えてくれたのは、バーで約束の時間に現れないボーイフレンドを待っている時、声をかけてきた年配の品が良さそうなおじさまで、ラブホテルではなくちゃんとしたシティホテルをとってくれた（もちろん待たせた男との約束は反故《ほご》となった）。高層ホテルの清潔なベッドの上で、そのおじさまが私の中に指を入れた瞬間「あれっ？」と言ったことを覚えている。いやに慎重に彼のものが挿入され、そして、いやに早く事を終えた彼は、まず自分が昔AV男優をやっていた経歴を話した。身構えた私に心配ないよと首を振り、君はいわゆる名器を持っていると教えてくれた。そして、俺でも過去たった一人しかそんな女には当たったことがないとしみじみ話した。言葉は知っていても、まさかそんなものが現実に存在するとは、それもまさか自分の体に装備されているとは信じがたかった。彼はとてもいい人で「気をつけないと君の人生が台無しになるよ」と警告してくれた。そう言われると身に覚えが大ありだった。歴代の恋人はみんな普通のデートよりも、会うと一刻も早くベッドに行きたがった。そしてやることだけやって、あとは冷たい彼らの態度に私が腹を立てて別れるというケースばかりだった。

しかし彼の警告は少しばかり遅すぎた上に、若かった私の火に油を注ぐような形になってしまった。その頃既に複数の枕友達がいて、ほぼ毎日といっていいくらい誰かしらとセックスをしていた。それが人として愛されているのではなく、名器だからだと言われた気がして不愉快になった。けれど反面、何の特技もなく十人並みの容姿の私に与えられた唯一のアイデンティティーなのだというふうにも自覚してしまった。

本当に私は自他共に認めざるを得ないほど、普通の外見をしていると思う。セックスの時以外に色っぽいとか綺麗《きれい》だとか言われたことは一度もない。着るものも普通だし、仕事も普通の販売員だ。ただ、やはり私にはどこか隙があるのか、それとも嗅覚《きゅうかく》のいい男というのがどこにでもいるものなのか、私は職場を替わる度にその会社の誰かに誘われ、結局断りきれずに寝てしまい、それが直接的にも間接的にも原因となって短期間で辞めることが多かった。仕事が退《ひ》けると大抵デートの約束が入っていたので同性の友人ができず、そのことも、どんな職場にもなじめない原因だったと思う。

いつの間にか女友達というものをなくしていた私は、こんな相談をしても唯一鼻白まないであろう二つ年下の妹にそのことを話した。私と違って社交的で友達の多い妹は、日曜日の昼間の喫茶店で、自分の姉からミミズだのカズノコだのという話を聞かされ、さすがに面食らっていた。確かに笑いも軽蔑《けいべつ》もしなかったが、自分はそうじゃなさそうだから何とも言えないと困惑顔で言った。そして「おねえちゃん、自分がふらふらしてる原因をそれのせいにするのはどうかと思うな」と説教されてしまった。

そんな妹の発言を素直に聞けるほど私は大人ではなかった。それならそれでいいやと私は開き直った。名器の太鼓判を押されたことで変に自信を持ってしまったし、結婚に夢を持ったこともないので、セックス街道まっしぐら、それもまたよしと私は迷いを捨てた。

既婚男性とのセックスにあったかすかな罪悪感もなくなり、お金までは貰《もら》わないがセックスに伴う食事代やホテル代も出してもらって当然と思うようになった。複数の男性と付き合うなんて当たり前のことで、自分のアパートで会社のアルバイトの大学生とその上司のおっさんが鉢合わせしてしまったこともあったが、両方とも何故だか私を叱ろうとはしなかった。叱られなかったことで余計に傷ついた私は、ますますセックスに依存していった。

何事も数をこなせば上手《うま》くなるもので、私は男の人を満足させるだけでなく、自分も大きな快楽を得る方法を習得していった。毎日普通にご飯を食べるように、私は日課のように当たり前にセックスをした。お茶漬けのようなセックスもあれば、こってりしたフレンチフルコースみたいなセックスもあった。たとえれば食い道楽ともいえる。寝てみたい男性がいれば、なんとなく近づいてゆくと面白いように「食う」ことができた。

そして三十歳を超えたあたりで、食傷気味になっている自分を発見して驚いた。本物のグルメを目指そうと思っていたのだが、ある日誰を見てもおいしそうに見えなくなった。要するに飽きたのかもしれない。けれど長年の習慣とは恐ろしいもので、これから行くよと誰かが電話をしてくると断る理由が見つからなかった。断るよりもさっさとやることをやって帰してしまった方が楽だった。

そんな矢先にクリスマスのものさし殴打事件である。漠然と抱えてきた空しさが輪郭をもった。あまりものを考えない私が年末年始、実家でだらだら過ごしていた時にふと思いついたのが「一年間の禁欲」だった。実家の炬燵《こたつ》の向こう側で、やはりだらけてテレビを眺めていた妹に私は言った。

「ねえ聞いて。おねえちゃん、今年の目標立てた」

「ふーん。なに？」

「今年一年、セックスしないの」

テレビに顔を向けたままだった妹がこちらを向いた。台所で何か切っていた母が包丁を止める気配がした。

「ばっかじゃないの」

「馬鹿とは何よ。ねえちゃん、本気だからね」

「絶対続かないよ。五万ルピーかける」

「それって日本円でいくらよ」

その会話は母親の「あんた達、さっさと結婚でもして親を安心させなさい」という半泣きの叱責《しっせき》で中断された。でも私は本気だった。このままでは本当にセックスしかできない女になってしまう。風俗で働くほどの気概もないくせに、セックス一本槍《いっぽんやり》でこのまま生きていけるわけもない。それにセックスのない生活とはどういうものか、一年間セックスしなかったら私はどうなるのか、本当に我慢できるのかという興味もあった。

久々に前向きになった気がして、私はまず携帯電話を解約した。枕友達の連中は部屋の電話ではなく携帯に連絡してくるからだ。すると年明けから次々と男共がアパートに直接やって来たので、「セックス断ち宣言」を懇々と説明した。妹と同じように馬鹿扱いをする人もいれば、他に男ができたんだろうとなじる人もいた。他にいるのは前からだと言いそうになって呑《の》み込んだ。そんなことで逆上されたらこちらが損だ。

予想外だったことは彼らが案外しつこくて、恋人ランキング一位の彼のようにあっさり引いてはくれないことだった。やはり一位の人は一位なだけのことはある。私のことを多少は理解し、好きでいてくれたのかもしれないと思うと、ちょっとだけ泣けた。

二月の中旬くらいになると、枕友達連の執拗《しつよう》な誘いと長年の生活の癖から、新年の誓いがぐらつくのを感じた。セックスそのものよりも人肌が恋しくてたまらなかった。男の人と手をつないだり、硬い膝《ひざ》に頬ずりをして甘えたくなった。だが、ここは人生の正念場だと、思い切って引っ越しと転職をすることにした。貯金を叩《はた》いて新しい部屋を借り、今まで絶対選ばなかった地味そうな事務職を選んで面接に出掛けた。

ちゃんとした職歴らしいものが何もなく、歳も三十を超えているので予想はしていたが、とにかく端から落ちまくった。不採用通知が二桁《けた》に乗った頃、妹が見るに見かねたのか、知り合いの伝手《つて》で大型書店の事務の仕事を紹介してくれた。久しぶりに妹に会うと、髪をベリーショートにして紺のスーツを着た私を見て「余計エッチくさくなった」と失礼なことを言った。

面接のためその書店の事務所に通されると、人のよさそうなおじさまが笑顔で私を迎えてくれた。考える間もなくものすごい食欲がわくのを感じたが、私は奥歯を嚙《か》み締めた。一年。たった一年の我慢だと私は自分に言い聞かせた。

空

私が難関の気象予報士試験に合格し、やっと決まった就職先をいとも簡単に辞めたことを理解してくれる人はいないに等しかった。両親は案の定嘆き、友人や会社の人達も子供ができたわけでもないのに寿退社するのはもったいないと引き止めてくれた。いくら説明してもわかってもらえなさそうだったので、私はやっと見つけた生涯の伴侶《はんりょ》にベタ惚《ぼ》れしている三十一の女を演じ、曖昧《あいまい》に笑うだけにしておいた。

私は毎日空を見たいだけなのだ。夫になった男性はそれを可能にしてくれる。ただそれだけのことなのだが、口にすればきっと変人扱いされるだろうし、されても構わないのだが、大抵の人は理解不能な人間が満足そうに笑っていると不愉快になるものだと私は経験上知っていた。

そもそもは子供の頃に見たUFOである。私は二度それを見たことがあった。一度目は小学校三年生の夏休みで、父親に頼まれて近所まで煙草を買いに行った時だった。飴玉《あめだま》のような太陽が遠くの山の稜線《りょうせん》に落ちていき、その後に輝きだした金星にみとれていたら、小さくて白いものがぴかりと光ったのを見た。その物体はものすごい速さでじぐざぐに飛びまわった後、なんの前兆も見せず唐突に消えた。びっくりした私は走って帰り、両親に見たものの説明をしたが、父はプロ野球中継から目を離さなかったし、母は困った顔をした。テレビがコマーシャルになると父親は立ち上がって私の顔をいきなり叩《たた》いた。もともと優しい人だとは思っていなかったが、本気で叩かれたのはそれが初めてだった。UFOなんかいやしない、たかが煙草を買いに行くのに一時間もかかって何してたんだと怒鳴られた。私は泣きながら謝ったが、本当はどうしてそんなに怒られるのかわからなかった。父の逆鱗《げきりん》のせいか学校の友達にもUFOらしきものを見たことは言えなかったが、飛行機なんかじゃなかったという確信があった。それから、暇さえあれば空を眺めることが習慣となった。

二度目にそれを見たのは中学二年生の時だった。いとこの結婚式に行くため初めて飛行機に乗った。小さな窓の外に広がる雲海と、地上から見るのと明らかに違う空の青に私は言葉を失っていた。予感はあった。飛行機が高度を落としはじめ、地上の田畑がジオラマのように見えた時、それは現れた。山並みに薄くかかる霧雲の上にかすかに白く光るものが飛んでいた。もう私はその発見を両親に伝えたりはしなかった。何かの気象現象なのかもしれないという理性と、私にだけ見えるのかもしれないというファンタジーを密《ひそ》やかに持った。一番仲のよかった女の子に打ち明けると、真面目な顔で「電波系だと思われるから他の人に言わない方がいいよ」と忠告されてしまった。

それでも私は空が好きで、空にいたいと強く思った。だから学校の進路相談の時、短絡的に将来スチュワーデスになりたいと口を滑らせてしまったのだ。両親は意外なほど喜び、やっとしっかりしてきたかと早速英語の家庭教師を見つけてきた。

大人になるにつれ、スチュワーデスになるという自分の発案が間違っていたことを知ったがもう遅かった。勉強は嫌いではなかったが、短大の英文科にも、その後通ったスチュワーデス養成の専門学校にも私はなじめなかった。でも自分で言いだしたことを撤回する勇気が、弱虫の私にはなかった。就職をする頃、航空業界の景気は芳しくなく、父があちこち伝手《つて》をたどってくれ、私は大手航空会社の契約スチュワーデスとして働くことになった。

結果的には私は一年しかもたなかった。空にいたいという願いと、スチュワーデスという職業はまったく関係がなかった。そんなことはとっくにわかっていたのだから、早く進路を変えればよかったのだ。ぼうっとした性格の私は先輩達に無能扱いされ、窓の外ではなくお客様を見ろと毎日叱られ、つまらない意地悪をされた。半分ノイローゼになって私は仕事を辞めた。

その頃、気象予報士の国家資格ができたことをニュースで見た。娘に顔を潰《つぶ》されたと落胆していた父親に、恐る恐るその試験を受けてみたいと言うと、勝手にしろという答えが返ってきた。

もしかしたらこれこそ天職かもしれないと思ったのだが、最初にその試験の問題集を見た時、絶望するというより笑ってしまった。地学も物理もちゃんと勉強したことのない私には、いくら雲の形や星座の名前を知っていても、高層天気図やそのデータ解析などできるわけがなかった。ただスチュワーデスの研修期間に多少習ったこともあったので、家でぶらぶらしているだけならやるだけやってみようという気になった。

短大とスチュワーデス時代に気の合わない人達と無理に仲良くしたり、性に合わないサービス業をやったせいか、すっかり人が苦手になっていた私は二年独学で気象の勉強をした。試験に二度落ちた時、やはり合格率が十パーセントを切る試験に独学では限界があることを知り、通信講座とスクーリングを受けてみたくなった。

気象学のスクーリングに来るのは多種多様の人がいたが、女性はやはり少なく、男性もいわゆる「天文おたく」の人が多かった。講義のあと大勢で飲みに出ることもあり、苦手な宴会を初めて楽しいと思うことができた。子供の頃に見たUFOの話をしてみたら皆が興味深く聞いてくれ、どんな気象現象だったか議論になった。UFO存在の可能性まで大の大人が真剣に話し合っているのに私は驚いた。その時隣に座っていたのが後に夫となる人だった。

「笑わないんですね、みんな」

そう呟《つぶや》くと、大男の彼は象のように目を細めて私を見た。

「笑うもんですか。空にはいろんなものが飛んでるんだから」

「人に言うと変人扱いされるから、ほとんど喋《しゃべ》ったことなかったんですけど」

「普通の人は空なんか一日二分も見ない。でもあなたは毎日何時間も眺めてるんだから、そりゃなんか見つけるでしょう」

そう言われると変に納得がいった。私はテレビも天気予報ぐらいしか見ないし、本も勉強以外のものは殆《ほとん》ど読まない。料理にも流行にもデートにも興味がない。時間があれば私はベランダに出した椅子に座って、夏でも冬でも無心に空ばかり見ていた。

彼は山岳写真家だと自己紹介した後、本当はそれだけでは生活できなくて、頼まれれば芸能人のゴシップも撮るのだと笑っていた。その場に居たのでてっきり同じ講座を受けているのかと思っていたら誰かが連れてきた外部の人で、私は彼の連絡先も知らないまま別れてしまったことを後悔した。

講義を受け、気象図に慣れ、わからないことを気軽に聞ける先輩ができると、私は霧が晴れていくように専門書が読めるようになった。だがスチュワーデス時代の貯金が底をつき、私は親に面倒をみてもらう形になっていた。受かるかどうかもわからない、そして合格しても就職先があるかどうかわからない気象予報士の資格試験の学費を出すことを父親は露骨にしぶり、母親はそれをとりなすようにして見合い写真を次々と持ってきた。私は父の言う通り駄目な人間なのだと思いつめ、食卓ではいつも下を向いて小さくなっていた。いい歳をして自活も結婚もしようとしないなんて、どこか私は変なのだろうと星座を見上げて泣くことも多かった。だから次の試験に落ちたら、母の言う通り見合いをして結婚しようと思った。主婦になって子供を産めば、親や世間も一人前として認めてくれるだろうし、自分で自分のことも責めずに済むと本気で思ったのだ。

ところが三度目に受けた試験で、私は学科にも実技にも受かってしまった。しかもお世話になった気象学校の講師に礼状を書いたら、よかったら新しくできる気象サービス会社で働かないかと職まで世話をしてもらえることになった。両親は手放しというわけではないが喜んでくれた。子供の頃からお前は頑固だったからなと、父親は諦《あきら》めたような顔で言った。

その会社の居心地は決して悪くなかった。給料はいいとは言えなかったが、大好きな天気にかかわる仕事なので無我夢中で働いた。

その民間の気象サービス会社で最初の一年は営業に、二年目からは希望していた予報のセクションに配属になった。テレビの天気予報とは違って、建築や流通の会社へ三時間毎に予報を流すのだ。ユーザーのリスクを回避させるのがその会社の仕事で、当然ながら外れたらごめんなさいでは済まなかった。それでもスチュワーデス時代に比べれば、やり甲斐《が》も叱られ甲斐《い》もあった。

なのに私はだんだんと、また虚《むな》しさを胸に募らせていった。せっかく望み通りの仕事に就けたというのに贅沢《ぜいたく》だと思いつつ、朝の暗いうちから出社して夜更けに家に戻る生活を繰り返してゆくうちに、空と空気が恋しくてたまらなくなった。スーパーコンピュータを駆使し地球規模の天候のことまでよく知っていても、まったく体感していない淋《さび》しさが大きく膨らんでいった。

そんなある日、会社に写真展のダイレクトメールが送られてきた。小さく写った顔写真は、確かにあの象のような男の人だった。私は無理に休暇をとって、長野県までその写真展に出掛けた。頭で考えるより先に全身が彼と再会したがっていた。様々な山や空や、高山植物の葉の先に光る水滴の写真を見たら涙が出た。閉館間際にやっと彼と再会し、食事をし、たくさん話をし、たくさん笑って私は自分の本当に望んでいることをやっと知った。二度しか会ったことのない私からの唐突な求婚に彼は戸惑っていたが、あの時気の合いそうな女の人だと思ったので、わざわざ就職先を調べて個展の案内を送ったのだと照れながら打ち明けてくれた。

そして私は今、ログハウスと言えば聞こえがいいが、森の中の粗末な山小屋で暮らしている。夫は仕事で日本中の山に出掛けることが多く、毎日一緒にいられるわけではなかったが幸せだった。親はまた嘆いていたが、親の予想通りに生きることから私はやっと解放された。天気と同じで、予想はできても人の生き方を何かの力で変えることはできないのだなと、他人事《ひとごと》のように私は思った。

野良仕事をしながら、無線で気圧の情報を聞きながら、私は毎日空を見上げている。綿雲がゆっくりと空の水面を滑ってゆくその端に、今日も小さく白く光るものを見つけて私は微笑んだ。

ボランティア

駅で切符を買おうとしていたら、隣の券売機を指で撫《な》でている人が居ることに気がついた。よく見るとその人は薄茶色の眼鏡をかけ、片手に白い杖《つえ》を持っていた。初老の男性で、糊《のり》のきいた麻のシャツとズボンを身につけていた。

「お手伝いしましょうか」

点字の表示を探っていたので目が不自由なことは明らかだった。私は特に躊躇《ちゅうちょ》もなく自然に声をかけていた。一見気難しそうに見えるその人は意外なほどにっこりと笑った。

「すみません。じゃあ切符を買って頂けますか」

彼は気軽に財布を渡してきて、みっつ先の駅名を告げた。いきなり他人の財布を手にして心臓が高鳴った。もちろん悪いことをするつもりなど欠片《かけら》もないが、目の見えない人がこんな無防備に財布を手放していいのだろうかと戸惑った。

「券売機の機種が変わったようですね」

「あ、そうですね。私も最初わかりづらかったです」

その新しい券売機はボタン式でなく、キャッシュディスペンサーのように画面に触れて操作するものだった。私は切符を買って財布を先に、そして切符を彼に渡した。

「あの、私も同じ方向の電車に乗りますから、ご一緒しますか？」

「そうですか。ありがとうございます」

遠慮した様子も見せず、彼は私の右腕に軽く手をかけた。初めて女の子から腕を組まれた男の子は、こんなふうに照れるのかなと思った。ストレートに頼られる感じが面映《おもは》ゆい。

自動改札を抜け、ホームまで階段を上り、電車を待ってそれに乗る間、私達はお互い名乗りあって世間話をした。高野さんというそのおじいさんは、子供の頃から弱視で成人した頃には視力を失っていたそうだ。なので大抵のことは自分でできるし、どこへでも行けるのだが、まだ引っ越してきて半年なので少し戸惑うことがあるそうだ。私も引っ越してきて一カ月なんですと言うと、そうですか、と彼は嬉《うれ》しそうな顔になった。同じ図書館とスーパーを利用していることが分かり、彼は私に気軽に昼食が摂《と》れる店を尋ね、そして安くて良いクリーニング屋とケーキ屋を教えてくれた。甘い物お好きなんですか、と尋ねると、そうなんだよ、孫の分まで食べちゃって昨日も女房に叱られたんだと笑った。そこで高野さんの降りる駅に着き、礼を言って彼は慣れた足取りで電車を降りていった。私はまるで恋人を見送るように、彼が階段へと消えていくのを電車の窓にはりついて見ていた。

久しぶりに気持ちが明るくなっていた。何だか話しやすい人だった。友達になれないかな。三十一歳の人妻が孫のいるような歳の男性と友達になりたいなんて考えるのは変かな。電車に乗っている間中、ちょっと浮かれ気味にそんなことを考えた。

その晩寝室の電灯を消し、うとうとしかけた頃に玄関の鍵《かぎ》が開く音がして私は飛び起きた。枕元の時計は深夜の一時近かった。

「起こしちゃった？　寝てていいよ」

スーツの上着を脱ぎながら夫はかすかに微笑んで言った。テーブルの上にはコンビニの袋が置いてあり、おにぎりと缶ビールが透けて見えた。言ってくれればご飯やビールくらい用意しておくのに、という台詞《せりふ》が出かかったがやめておいた。どうして夫が妻である私をあてにしてくれないか、それは私の自業自得で、言い出せばまたきりがなくなる。

「忙しいの、いつまで続きそうなの？」

「イベントが終われば一段落するから、もう少しだよ」

「体、大丈夫？」

「うん。ありがとう。いいから寝てなよ。シャワー浴びたら俺も寝るから」

本当は今日のことを聞いてもらいたかったが、夫はやんわりと私を遠ざけた。せめて迷惑をかけないことが私が夫にできる唯一のことなので、頷《うなず》いてベッドに戻った。

夫はいわゆる転勤族で、結婚してからほぼ二年単位で全国の主要都市に転勤になっていた。この街の支社に配属になったばかりなのに、福祉イベントの責任者を任され、毎晩終電で帰宅し休日出勤までしている。

転勤が多いことと仕事が忙しいことは、結婚をした時に覚悟していたつもりだった。この優しい夫さえいれば、どこに住んでも何とかやっていけるだろうと考えていた。だが、引っ越す度に違う窓の寸法のためカーテンを縫い直し、生活費のためというよりはその土地で人間関係を作るためパートを捜して働き、慣れた頃にはまた転勤の辞令が下りるという不毛な繰り返しは想像以上に疲れるものだった。だんだんと激しく気分が塞《ふさ》ぐ日が増えはじめ、医者にかかって軽い安定剤をもらってはいるが、本当にひどい時になると最低限の家事もこなせないようになってしまった。訳もなく悲しくなって泣いているだけで一日が終わってしまう。私をそんなふうにしたのは自分の責任だと夫は心配してくれたが、彼も転勤の度、新しい職場で新しいストレスに晒《さら》されているのは分かっているので、あまり構ってくれとも言えなかった。だから私は何も考えないことにしたのだ。何故かできない子供のことや、自分がここに居ることの意味や、周期的に襲ってくる鬱《うつ》の原因を一切考えないことに決めたら少し楽になった。

今日は街に出てパートの面接を受けてきた。引っ越し先でとりあえず何か仕事を捜して面接を受ける。私には学歴も職歴らしいものも殆《ほとん》どないし、何よりも覇気がないので不採用になることの方が多い。落とされれば夫は気落ちした私に「家にいていいよ」と言ってくれる。半分私はそれを期待していた。働きたくないわけではないが、新しい人間関係の中に入っていくのが面倒だった。けれど今日の面接は、行きがけに楽しい出来事があったので珍しくハキハキものが言えた。採用になるかもしれないなと、夫の使うシャワーの音を聞きながら私は目をつむった。

翌週に届いたのは不採用通知だった。これで毎日家にいていいという免罪符をもらって安堵《あんど》するところなのだが、落胆している自分に気がついた。考えまいと買い物に出ると、足がつい図書館に向かっていた。高野さんにばったり会えないかな、と思った。図書館で朗読テープのコーナーを見たり雑誌をめくったりしていたが彼は現れず、教わったクリーニング屋とケーキ屋も覗《のぞ》いてみた。別に恋愛感情をもっているわけでもないのに何をやってるんだろうと首を振り、少し休もうとランチタイムを過ぎた喫茶店に入った。すると入り口近くの席に思いもよらず高野さんの姿を見つけた。嬉しいはずなのに涙が溢《あふ》れた。洟《はな》をすすりながら「高野さん」と呼びかける。

「ああ、この前の奥さんですか」

声で覚えていてくれたことが嬉しくて、私は子供のようにしゃくりあげてしまった。店の人がこちらの様子を窺《うかが》っている。

「泣いてるんですか？　まあ、座って」

「すみません。迷惑ですよね」

「迷惑だったらそう言いますよ。泣いてないで、ほら」

彼はちょうどランチを済ませたところらしく、きれいに食べ終えた皿をウェイトレスが下げにきて代わりにコーヒーを置いていった。

今日は用事もなくてぶらぶらしてただけだからと言って、高野さんは私の話を聞いてくれた。何をそんなに動揺してしまったのか、話に脈絡をつけることができなくて自分でも呆《あき》れた。でも彼は相槌《あいづち》を打つだけでただじっと耳を傾けてくれた。自分の中に吐き出したいものがいっぱい溜《た》まってるように思っていたが、いざ言葉にして話してみると、それほど時間はかからなかった。ただ些細《ささい》な不満ばかりが口をついて出るだけだった。

「で、パートは不採用だったんですね？」

高野さんはそれだけ質問し直した。私はしゅんとして「そうです」と返事をした。

「お時間があるなら、試しにボランティアでもしてみませんか」

盲目の彼は私の顔に焦点をあわすことなく、ただにこにこ笑ってそう言った。

高野さんが紹介してくれたのは、彼の知人がやっているボランティア団体に登録して、都合のよい時に目の不自由な人の外出に同行するというものだった。「ボランティア」という単語を聞いた時、正直言って腰が引けた。家庭のことや、自分自身のことさえちゃんとできない人間が、そんなことをしている場合だろうかという疑問が頭をよぎった。それにただ通りすがりの高野さんの手助けをしたのと違って、団体に登録するからには責任も発生するだろう。それを負う覚悟もなく、ただ気晴らしにやるのであれば、それは偽善なのではないかとも思った。

高野さんは「気が向いたら電話してください」と言って喫茶店で別れたきりだ。それから一週間たっても十日たっても返事の催促めいた電話はない。考えてみれば当たり前だ。そういうことは強制ではなく、自発的にやるものなのだろうから。

私は二週間目にやっと高野さんに連絡し、そのボランティアをやってみることにした。彼はとても喜んでくれたが、「頼まれても嫌なことはやらないでいいんだよ。いつやめても構わないんだよ」と念を押した。

翌週から私は平日の二日間をボランティアの日にあてた。夫にはなんとなく言いづらく黙ったままだった。

最初は不安ばかりが先に立ったが、始めてみればそれは驚くほど楽しかった。伝えられた住所に迎えに行き、その人が行きたい場所を聞いて一緒に出掛けた。いろんな人がいた。年配のご婦人と洋服を買いに行ったり、十代の男の子と電気街にパソコンを選びにも行った。人見知りする私が彼らとは普通に話をすることができ、夕方に自宅まで送って行くと、本人と家族から大袈裟《おおげさ》なくらい感謝され疲れも吹き飛んだ。感謝したいのはこちらの方だった。

けれど私はたった一ヵ月で、もうつまずくことになった。同年代の男性の散歩に付き合った日、彼がまるで子供のようにわがままを言い、わざと売っていない菓子を買ってこさせようとしたり、私の歩き方や風景の説明の仕方が親切じゃないとなじったりした。最後には「あんたみたいな幸せな人に暇つぶしで助けられても嬉《うれ》しくない」とまで言われた。ただの八つ当たりだと思おうとしたが、人の役に立っていると舞い上がっていた私は激しく落ち込んだ。高野さんに電話をしたが不在で、涙が止まらなかった。そんな弱い自分が情けなくて、さらに落ち込みは深くなった。

夫が帰って来るまでには落ち着かなければと思っていたのに、彼が帰ってきたとたん堪《たま》らず大声で泣いてしまった。最近ずっと元気そうにしていたのにどうしたんだ、と夫は尋ね、私は内緒でやっていたボランティアのことを話した。

話を聞き終わると夫は深く息を吐き、ボランティアなんて余裕のある人がすることで、君がしているのは、人を救うことで自分も救われたいと逃げてるだけなんじゃないかと冷たい声で言った。どんなに疲れている時でも優しい言葉をかけてくれていた夫だったので、私は目を見開いた。

「そんなことでめそめそするくらいなら、何もしないで家にいてくれよ」

吐き捨てるように言い、彼は立ち上がって寝室に入って行こうとした。

「やめない」

何だか分からないが、頭の芯《しん》が冷えていくのを感じた。

「あなたの会社のイベントだって寄付目的だって言ってたけど、タレント呼んだり揃いのTシャツ作ったりする予算を、最初から丸ごと寄付すればいいことじゃない」

「おい、話がずれてるぞ」

「めそめそして悪かったわね」

夫の驚く顔を見ながら、私は今日会った同い年の男性のことを思い出していた。数年前に事故で突然視力を奪われた彼は、幸い女房の実家が金持ちだったので何もしないでいいのだと言っていた。聞いた時は自慢にしかとらなかったが、彼の孤独が今わかった気がした。私は泣いたり落ち込んだりする自由も奪われていたのだ。奪われていることにすら気がつかなかった。皮肉なことに、気がついたとたん涙は止まり、本当に何年かぶりに私は正気に返った。夫の瘦《や》せた顔がクリアに見えた。

「そんな会社、辞めていいのに」

私の台詞《せりふ》に夫は反論せずにうつむき、長い時間顔を上げなかった。

チャンネル権

男というのは、どうしてそんなにも野球が好きなのだろう。いや、そうでない人もいることは知っているが、三十一年生きてきて、歴代の恋人のことを思い出すと、性格や仕事は違っても、みんな判で押したように野球放送が好きだった。私は十八歳から一人暮らしをしているので、恋人は大抵私の部屋に入り浸り（それ自体は嬉《うれ》しかったのだが）、当たり前な顔をしてテレビを点《つ》け野球に観入っていた。父親もそうだったので、私にとって長年の謎だ。なので、本人や会社の上司や女友達に質問してみたりしたのだが、明確で納得のゆく答えが返ってくることはなかった。

同い年の今の恋人とは同棲《どうせい》をはじめてそろそろ三年になる。狭いアパートで三年も一緒に暮らしていれば、最初のラブい空気はなくなり、彼がおならをしようが、私が眉毛《まゆげ》抜《ぬ》きに専念しようが、それが日常となっているのでどうということはない。そろそろ結婚してもいいと向こうは思っているようだが、はっきりプロポーズされているわけでもないし、されても今は返答に困るかもしれない。

野球自体が嫌いなわけではないのと同じように、彼のことも嫌いではないのだ。ほぼ平穏に三年も一緒に暮らし続けているのだから、好きは好きだ。けれどこのままずるずる籍を入れて、こんな生活が一生続くのかと考えると「あーあ」と思う。

今彼はパジャマ代わりにしている首の伸びたTシャツに短パンで、贔屓《ひいき》の球団の試合を熱心に観ている。ピッチャー交替のタイミングにぶつぶつ文句を言い、缶ビールに口をつける。黙って観ている恋人もかつていたが、テレビに向かって大声を出すこの人も、むっつり観ている人も、すっかり監督気分という点では同じだ。ばっかみたいと内心思うし、実際口に出したこともあるのだが、反省はおろか「こんな面白いことが分からないなんて可哀想な奴だ」と言い返されたので、もう相手にする気にもなれない。

ビデオでは今、私が観たい裏番組のドラマを録画中なので、コマーシャルになった隙にちょっとチャンネルを替えてみた。

「替えるなよ、てめえ」

「てめえ？　あんた何様？　今コマーシャルなんだからいいじゃないのよ」

「どうせビデオ録《と》ってるんだろ」

「少しくらい、いいじゃない」

彼はリモコンを取り上げてテレビを野球のチャンネルに戻す。

「俺はリアルタイムで観たいんだ。ドラマなんかあとでゆっくり観ろ」

「ドラマだってリアルタイムで観たいわよ」

「野球は今やってんだ。今観ないでどうする」

そこで野球放送が再開したので、もう何も言わずに台所に引き上げ、わざと音を立てて食器を洗った。ドラマはあとで観ればいいというのは確かに分かるが、私だって仕事をしているのでそうそう夜更かしできないし、彼が起きている時に観るといちいち茶々を入れるので腹が立つ。明日会社に行ってみんなとドラマの話をしたいのに、彼は野球が終わったあともスポーツニュースの梯子《はしご》をするので、私は結局今日録ったドラマを今日中には観られない。

どうしてチャンネル権というのは男にあるのだろう。テレビをもう一台買えばいいのかもしれないが、うちは二間しかない古いアパートで、二人分の荷物で溢《あふ》れんばかりだし、テレビのアンテナジャックもひとつだけだ。広い部屋へ引っ越せるようなお金の余裕もない。だいたいなんで結婚もしていないのに、彼が野球中継を観るのに合わせてつまみやご飯を作ったり、その洗い物まで私がしなくちゃならないのだろう。

流し台を片づけて彼の隣に戻ると、ちょうど大物ルーキーが逆転ホームランを打ったところだった。彼は興奮してテーブルをバンバン叩《たた》き、満面笑顔で私にまで握手を求めてきた。馬鹿息子をもった母親の気分で一応笑顔を作り手を握り返して振ってあげた。

「何度も聞いたけど、また質問していい？」

笑顔のまま彼が私の顔を見る。

「どうして男の人って、そんなに野球が好きなの？」

彼は目をぱちくりさせたあと、拳《こぶし》を口に当てて珍しく何やら考えている。

「じゃあ聞くけど、女ってどうして恋愛の話がそんなに好きなの？」

彼と知り合って、私ははじめて絶句した。


昨日、同棲している彼女に「どうしてそんなに野球が好きなのか」とまた質問された。美人だし、料理もうまいし、きっぷがよくて元気があって、家ではきついものの言い方をするが、他人がいる時は男の俺をたててくれる。俺にはもったいない女ではあるが、あれだけはいい加減にしてほしい。野球に限らずあいつは質問が多すぎる。小学生じゃないんだから「どうして？　どうして？」はやめろっつうの。どうでもいいことの理由なんか、そういちいち考えるか。女のくせに理系の大学なんか出てるから理屈っぽいんだよ。

午後の会議が長引き、眠気を覚まそうとトイレのついでに喫茶コーナーで煙草を吸っていると、違う部署の新入社員の女の子が三人通りかかった。何が可笑《おか》しいのかお互い肩を小突き合って笑っている。その中の一人が俺の存在に気づいてぱっと顔を輝かせた。そしてあとの二人に一歩遅れ、こっそりと小さく手を振ってくる。俺もつられて同じように手を振った。

その子は歓迎会の時に何故だか俺を気に入ってくれたようで、積極的に、でも他の社員に気づかれないようアプローチしてきた。うちの奴に比べたら顔は多少ブスだが愛嬌《あいきょう》があるし、若いだけあってさすがに肌はきれいだ。そそる足と尻《しり》をしているし、おっとりとスローペースで喋《しゃべ》るのも新鮮だ。まんざらでもないと思っていたら、食事に連れていってくださいと誘われ、その約束が今晩なのだ。半端に二十代後半の子に手を出すと面倒だが、彼女ならまだ若いし、一回くらいやっても結婚結婚と迫られないだろう。何しろ俺に長く同棲している彼女がいることは有名な話で、それでもいいから一度デートしてくださいと言ってきたのだ。今晩は野球中継もないし、ゆっくりできる。にやける顔を無理にひきしめて俺は煙草を消した。

若い女の子が喜びそうな店くらい俺だって知っている。小洒落《こじゃれ》たバーに見えるような和食屋のカウンターに並んで座り、俺と彼女は最初いい雰囲気だった。彼女は案外酒が強いようで、同じペースでビールと日本酒をあけてゆく。前にもやはりこうやって女の子と来たことがあったが、ムードはいいがあいかわらず料理はまずかった。でもまあ、高そうに見えて実は安い店なので仕方ない。

　横に座っているのに体ごとこちらに向けて大袈裟《おおげさ》なくらいに俺の話に相槌《あいづち》を打っていた彼女が、ふと気がつくと笑顔が消えて横を向いていた。ちょうど俺が、怪我から復帰後のヨシムラという選手にサインボールをもらって感激した話をしているあたりだった。

「本当に野球がお好きなんですね」

　言われて何やら嫌な予感がした。

「ええと、嫌いだったかな。野球」

「好きですよ。年に二回くらいはナイター観に行くし」

「本当？　じゃあ今度一緒に行こうか」

　えー？　ほんとうですかー？　とはしゃいでくれるかと思ったのに、彼女は曖昧《あいまい》に笑っただけだった。しかもバッグをさぐって煙草を出しそれに火を点ける。女が煙草を吸って悪いとは思わないが、彼女が俺の前で煙草を吸ったのははじめてで、明らかに何か不機嫌なメッセージがこめられていた。勝手に冷酒のお代わりを頼んでいる。

「聞いていいですか？」

「え？」

「どうして野球の話ばっかりするんですか。さっきから他の話題がないですよ」

　えーと、えーと、と俺は内心の動揺を隠しつつ必死でうまい答えを考えた。

「社会に出て気がついたんですけど、おじさん達が野球の話する時って、沈黙が恐くてとりあえず会話しなきゃって感じで、なんかプログラミングされたコンピュータみたいで内容なんてないような気がするんですよね。痛々しいものがありますよ」

「君、大学は理系?」

「いえ、違いますけど」

それがどうした、という顔で彼女は自分のグラスに手酌で酒を注ぐ。猛烈に反論したかったが、うちのにするように当たり散らすわけにもいかなかった。

「じゃあ聞くけど、女はどうして恋愛の話ばっかりするのかな」

精一杯余裕のあるふりをして俺は尋ねた。

「そういう人もいるけど、私は違います。男は、女は、って短絡的にくくらないでほしいです」

俺の貧困なボキャブラリーではこの女を黙らせることはできないことと、今夜この女をどこかに連れ込むことができないことがやっと分かった。女は謎だ。今までの俺を見る尊敬の眼差《まなざ》しは何だったのだろう。そしてなんで、いきなり掌《てのひら》を返したように軽蔑《けいべつ》されたかも分からなかった。この女が正しいとは認めないが、負け試合なのは確かだった。

月曜の夜、嫌な接待があったとかで疲れて帰ってきた彼が、火曜日には私より早く帰ってきていて、しかもご飯を炊き、カレーなんかを煮込んでいたのでびっくりした。なんかあったの？　と聞いても、力なく首を振るだけだ。怪しい感じがしたが、ここで有り難がっておかないと二度と作らないだろうから、大袈裟に感謝して食べてあげた。そしてもっと驚いたのは、時間が七時になっても彼がテレビを点《つ》けないことだった。

「野球観ないの？」

「ええと、観ていいかな？」

「なに言ってんの。いっつも観てるじゃない」

そっか、と呟《つぶや》くと彼はテレビのスイッチを入れた。缶ビールをふたつ持って私はテレビの前の彼の隣に腰を下ろした。

「今日はドラマ、録《と》らないのか？」

「火曜はろくなのやってないから」

そっか、そっか、と今度は二度呟いた。今日の試合は地味な投手戦で、彼もずっと黙ったきりだ。そしてコマーシャルになると、こちらを向かずに唐突に言った。

「一緒に観てくれて、ありがとう」

「はあ、どういたしまして」

変に謙虚なのはきっと外で女の子かなんかに苛《いじ》められたのだと察したが、追及しないでおくことにした。一緒にご飯。一緒にテレビ。案外これでいいのかもと、バックネットの向こうに映った、父親に連れてこられたらしい小学生の嬉《うれ》しそうな顔を見ながら思った。

手紙

拝啓、残暑厳しい毎日ですが、お元気にお過ごしでいらっしゃいますか。

私のことなどお忘れかもしれませんが、先生にお手紙を差し上げるのは三回目になります。山梨県に住んでいる心療内科通いのバツイチOLとでも言えば思い出して頂けるでしょうか。一度目のお手紙は先生がデビューされたばかりの五年前、二度目は先生がその三年後に文学賞を受賞なさった時でした。私の三十一年間の人生で心底嬉《うれ》しかったのは二度だけです。一度目のお手紙にお返事を頂けた時と、先生が二十九歳という若さであんなに素晴らしい文学賞を受賞された時です。候補に挙がっていることも知らず、偶然点《つ》けたテレビのニュースで知ったときは本当にびっくりし、自分のことのように感激して家族が心配するほど泣いてしまいました。あ、このことは前にも書きましたね。すみません。

その後、売れっ子作家になってしまわれて、嬉しいような、ちょっと淋《さび》しいような複雑な心境です。連載も何本もお持ちになっていらして、愛読者としては嬉しいのですが、やはり先生のお体が心配です。

そういえば先生はお引っ越しなさったそうですね。この手紙が三通目と書きましたが、厳密にいうと四通目です。以前頂いたお返事のご住所に出したところ、宛先不明で戻ってきてしまいました。その後雑誌のインタビューでお引っ越しされたことを読み、こうして出版社気付でしつこくもお便りすることとお許しください。もしよろしかったら新しいご住所を教えて頂けませんでしょうか。出版社経由ですと、本当に先生の手元に届いているのか正直不安なのです。

新作、早速読ませて頂きました。本当にいつもいつも先生の作品は、私の心の奥底をかき乱します。決してリアリティーのある話ではなく、どちらかといえば抽象的なのに（ごめんなさい）自分のことが書かれているような気がします。自覚しないでおこうと気をつけていたことをずばり言い当てられたようで呆然《ぼうぜん》としてしまうのです。デビュー作の中編などは「これは私だ！」と叫んだ程でした。あ、これも以前散々書きましたね。先生の作品を読むと、つい私の状況に照らし合わせて自分のことばかり考えてしまいます。

二通目の手紙で書いたのですが、私はもうすぐ会社をクビになりそうです。原因は不眠症でどうしても朝起きられず、時間通りに会社に行けないからです。以前は週に一、二度くらいだったのですが、今では週に四回くらい遅刻をしているので、先日さすがに総務部長に呼び出されました。係長にはしょっちゅう小言を言われていたのですが、部長に改まって話があると言われた時は、とうとうきたなと思いました。

部長は根本的には良い方なので、私の病気に同情してくれましたが、しばらく休んでちゃんと治したらどうだろうと言いました。六月に中途採用で入ってきた女性が若いのに仕事ができる人で、彼女がいれば私などいてもいなくても変わらないことは自分でも分かっていました。うちは零細企業なので、役立たずで遅刻ばかりして、お客様に愛想よくお茶を出すことすらできない人間に給料を払い続けるのは無駄だと、もし私が社長なら判断します。だから憤りの感情は湧きませんでした。ただ若い時から少しずつ埃《ほこり》のように積もった無力感に、いつの間にか押しつぶされそうになっています。自覚はしていたことでしたが、きちんとした年輩の男性に「あなたには社会人としての価値がない」と暗にでも言われるとやはりショックでした。黙ったきりの私に、自主退職という形にしてくれれば少ないけれど退職金も出すと、部長はなぐさめるような口調で言いました。まだ返事はしていません。先生、私はいったいどうしたらいいのでしょう?

病院へは通っているのですが、心療内科の先生は五分くらいしか話を聞いてくれず薬を出すだけです。最初は弱い薬からはじめたのですが、どうやら私の体には合っていなかったようでもう少し強いものに替えてもらいました。そうしたら今度は効きすぎて朝起きられないどころか、一日中もうろうとしてしまうのです。軽い運動を続けて、なるべく昼間に外へ出て、気を楽にして眠れないことを思い詰めずにいなさいと、お医者さんだけではなく、家族や知人にも言われるのですが、それくらいの努力は私だってしたことはあります。けれどそれで解決するくらいならこんなには悩みません。

一旦《いったん》会社を辞めてカウンセリングを受けるなりして本格的に治療した方が長い目で見たらいいんじゃないかと、パートのおばさんにも言われました。この方は会社で唯一緊張しないで話ができる人です。もう五十近いのに私の百倍くらい体力がありそうです。なにしろ家族の中で一番早く起きて旦那《だんな》様や子供達に食事を作ってから出掛け、パートが終わるとスーパーに寄って飛んで帰り、夕飯やもろもろの家事を全部やっているのですから。元気で優しい方で、こんな私のことを気にかけてくれていて本当に感謝しています。でもやはりカウンセリングにかかったら、という一言に素直でない私はカチンときてしまいました。保険のきかないカウンセリングは一回一万円くらいはかかるのです。そんなお金を、これから会社をクビになる私が払えるはずがありません。

雑誌のエッセイで先生も一時体調を崩し、カウンセリングと心療内科に通っていたことがあったと読みました。それを読まなかったら、私はたぶん世間の目を恐れて心療内科にすら足を運ばなかったと思います。でもカウンセリング（一応調べてみたのです）は私には高すぎます。純粋な質問なのですが、そんなお金を払ってまで通う価値のあるところなのでしょうか？　先生は最初のお返事で、純文学の作家は本当にお金にならず、かといってアルバイトに出るとどうしても本業がおろそかになってしまうので切りつめた生活をなさっていると書かれていました。大変失礼なのですが、先生が売れっ子になったのはごく最近のことだと思うので、そのお金はどうやって捻出《ねんしゅつ》されたのでしょう？　もし衣食住をぎりぎりまで削ってでもカウンセリングというものに通う価値があるのでしたら、私もそうしたい気持ちがないわけではないのです。

私は短い結婚生活が破綻《はたん》したあと実家に戻り、世間でいうところのパラサイトシングルで、住む所と食べ物には困ってはいません。だから私の気持ち次第では一回行ってみることくらいはできます。ただ両親とも古いタイプの人なので、不眠症やその治療のための心療内科通いさえ「甘えている」と言っていい顔をしません。今は働いているのでまだしも、無職になったらまたなんとしてでも私を結婚させようとするに違いありません。どうしたら両親は私のことを諦《あきら》めてくれるのでしょうか。

私は先生と同い年で同じように離婚歴があるという点で、勝手にシンパシィを感じています。結婚はもうこりごり、という気持ちと専業主婦になれたら楽だろうな、というジレンマを抱えています。先生はどうでしょうか？　雑誌のインタビューで「自分一人で生きていける力と覚悟がついたら、再婚のことはそれから考える」とおっしゃっていましたね。やはり私のような自立していない人間がまた結婚したところで、同じことを繰り返すだけなのでしょうか。

そんなそぶりは誰にも見せていませんが、もう五年もたつのに私の中で離婚に至る一連の出来事が消化されていないのです。誰かに聞いてもらいたいのですが、私にはそんなことを話せる友達はいないのです。学生時代の友人や会社の人とは表面的に仲良しなふりをしているだけです。東京に住む先生にはピンとこないかもしれませんが、かつて友達と呼べた人達は全員とっくに結婚して子供を産み、会っても話題は子供や家庭のことばかりです。みんな私を可哀想だと言います。優しい口調の裏側に彼女達の優越感を見てしまうのは、私の性格がひねくれているからだと思います。

心の中のどろどろしたものを私は誰かに話したいです。切実にそう思います。本当は先生に直接会って相談にのって頂きたいのですが、さすがにそれはご迷惑ですよね。私のような人間がいっぱいいるから、小説家やカウンセラーというものがこの世に存在して商売として成り立っているのでしょうか。そのわりには私のまわりにそれを必要としている人は見あたりませんが。

本音を言えば私は先生が羨《うらや》ましいです。妬《ねた》んでいるかもしれません。同じ年の同じ月に生まれて、そして同じように若い頃に結婚に失敗して心のお医者さんにもかかるような経験をしたのに、先生は今や光り輝いています。私は田舎の実家から出る経済力も精神力もなく、このまま朽ち果てていくように思えてなりません。それは先生には才能があって努力もしたからで、私にはどちらもないからなのでしょう。分かってはいるのに僻《ひが》んでしまいます。私は先生のデビュー当時からの大ファンで今もそうなのですが、いつか先生の本を読まずに済むようにもなりたいなどと、矛盾したことを思ったりもします。

いろいろ失礼なことばかりを書きつづり申し訳ございませんでした。先月のサイン会には仕事があって行けなかったのですが、次のサイン会の時はなんとしてでも先生に会いに行きたいと思っております。以前のお返事に「読者の方のお手紙が何よりも嬉《うれ》しい」と書いてくださったこと、私も本当に嬉しかったです。お忙しいのは承知しておりますが、返信用の封筒を同封しましたので、もしお時間がありましたら何かちょっとでもお返事くださったら天にも昇る気持ちです。

長々と自分のことばかりですみませんでした。またお便りしてもよろしいでしょうか？

ご健康とご活躍をお祈り申し上げます。

かしこ

追伸・母方の実家が葡萄《ぶどう》栽培をしておりますので、出版社経由で送らせて頂きました。ご笑納くだされば幸いです。

安心

娘の机の引き出しを開けたら、とんでもないものを見つけてしまった。いつも使うハサミが見あたらなくて、娘のものを借りようと軽い気持ちで開けたのだ。

我が家にはまったくと言っていいほどプライバシーという意識がない。よそのお宅では親が子供の部屋に入っただけで大喧嘩《おおげんか》になると聞いたことがあるが、うちの子供達はそうではない。家にある物はほとんど全部共有で、息子も娘も、母親である私が彼らの部屋の掃除や洗濯をすることを小さな頃から感謝してくれていた。そして自分の子供達が優しい子に育ってくれたことに私も心から感謝していた。

ところが。

一段目の引き出しを閉めると、二段目の引き出しが少し開いていることに気がつき、何気なくそこを開けてみた。ミニアルバムとポケット辞書の上に、六センチ四方くらいのきれいな箱が載っていた。洋服のブランド名が入ったカラフルなその箱が何であるか、いくら私が六十歳だって分かる。反射的に引き出しを勢いよく閉め、見なかったことにして部屋を出ようとしたがどうしても足が動かなかった。恐る恐るもう一度二段目の引き出しを開けてみる。几帳面《きちょうめん》な娘の引き出しはいつもきちんと整頓《せいとん》され、そこに無造作に投げ込まれたように見える避妊具の箱はパッケージが解かれていた。腹を決めて手に取り、中身を出してみる。それは、六個綴《つづ》りのまま、ひとつも使用されないで収まっていた。

　子供を二人も産んでおいてカマトトだとは思ったが、ビニール包装から透けて見える生々しい物体に私はずいぶんと動揺してしまい、急いで箱に戻して娘の部屋を出た。

　一日中その事が頭から離れず、何をしても落ち着かなかった。夫は長年勤めた会社を一昨年退職し、今は関連企業の顧問となっている。なので昔のように残業はなく、毎日ぴったり六時には帰宅するのだ。夫の前で平静を装えるか心配だった。娘の方は三十一歳で大手下着メーカーの企画の仕事をしており、帰宅はどうかすると深夜に及ぶこともある。昼休みもろくにとれなくてカップラーメンで済ますことが多いと言うので、私はもう長年娘のためにお弁当を作って持たせていた。

　自分の娘だが、私は彼女に男性経験があるのかどうか確信が持てなかった。明るく人見知りしない社交的な子だが、その反面妙に生真面目なところがある。経験があるのかと思うとやはり複雑な心境だが、三十一歳で処女でもそれはそれで心配である。

　いくら世間の多くの家庭より会話が多く仲のいい家族であっても、こういう問題には戸惑ってしまう。いや、考えてみれば我が家では性の話題を巧妙に避けてきたような気がした。息子も娘も敏感な子なので、わざとその手の話題を避けて健全な話ばかりを親にしていたのかもしれない。

娘より五つ年上の息子は十年前に結婚し、それと同時に仕事でヨーロッパを転々としていて、二年に一度くらいしか帰国しない。息子がまだ家に居た頃、彼の部屋でエロ雑誌を掃除中に発見したこともあったが、特に動揺はしなかった。男の子なのだから当たり前だと、何故だかすんなり納得した思い出がある。

息子が予想外に早く親元から離れてしまったので、私も夫も娘に対してこのままずっと家に居てくれたらという思いがあるのは認めざるを得ない。もちろん縛りつける気などさらさらなく、できればいい男性と巡り会って幸せな結婚をしてほしいとも思っている。

どのくらいの時間ぼんやりしていただろう。もしかしたらあの娘にちゃんとした恋人ができたのかもしれないと思い立ち、私はいてもたってもいられず、もう一度娘の部屋へ戻った。例の二段目の引き出しを開け、避妊具の下のミニアルバムを取り出して広げて見た。知らない男性が写っていないかじっくり見たが、全部娘が友人達と旅行先で撮った、既に彼女自身から見せてもらった写真だけだった。

そこでチャイムの音が突然鳴って、私は飛び上がるようにしてアルバムを落とした。壁の時計を見上げるともう夕方の六時になっていた。夫の夕飯を作り忘れるなど、長い結婚生活で初めてだった。

慌てて階下に降りて行き玄関を開けると、夫は「ただいま」の前に「どうかしたか？」と私に尋ねた。

「いいえ、何でも。ちょっと疲れてうとうとしてたの。それでお夕飯が作れなくて」

「そんなのはいいよ。大丈夫なのか？　風邪でもひいたか？」

夫は上着も脱がずじっとこちらを覗《のぞ》き込む。私は無理に笑顔を作った。

「たまにはお寿司《すし》でもとりましょうか」

「何かあったんだろう？　お前、おかしいぞ」

子供にするように頭に手を載せて夫が優しく言った。私はうなだれて、自分の不甲斐《ふがい》なさと夫の優しさを感じ涙ぐんだ。

元々私は隠し事のできない性格である。方便を使っても必ず顔に出ると昔から夫に言われているので、観念して洗いざらい今日の出来事をうち明けることにした。

全部聞いた後、夫は何も言わなかった。無表情のまま部屋着に着替え、頼んでおいたお寿司がちょうど届いて、お吸い物と簡単なサラダを作って出しても夫はそれを黙々と食べるだけだ。食事を終え、私が日本茶を淹《い》れて持ってゆくと、ソファに座って口元を片手で覆っていた夫がやっと口を開いた。

「複雑な心境だな」

ああ、きっと夫は私と同じように、娘の子供時代からのことを考えていたのだと手にとるように分かった。思い出だけでなく、彼女の将来のことも。

「あの子は何時に帰ってくるんだ?」

「さあ。今日はそんなには遅くならないって言ってたけど」

「話し合ってみるか」

「……そうね」

同意しながらも私はあまり夫を信用できなかった。社会的にはきちんとした人だが、この手の問題になると夫は逃げ腰になることが多かった。息子の結婚の時も、しどろもどろになってお嫁さんとろくに話ができなかったし、娘が大学生になり初めてボーイフレンドを家に連れて来た時も、三分も話がもたず逃げるように散歩に出てしまった人だ。

そこでまた、軽やかな玄関のチャイムの音が鳴った。

「なんで、こんな大ごとになるか分かんないです」

テーブルの向こうでスーツ姿のまま、娘は平然と言ってのけた。聞きにくいことをこちらが勇気を振り絞って切り出したというのに。

「なんですか、その言い方は。こっちは心配で言ってるのに」

「私、もう三十一だよ。自分の身を守るのにコンドームくらい買うよ」

少しの沈黙の後、夫が重々しく言った。

「ちゃんと付き合っている男性がいるのか？」

「特にいません」

「だったら、どうして買うんだ」

「今、言ったでしょ。お守りだってば」

「そういうのは男が買うもんだ」

「女の方で持ってたら、ふしだらだって思われるから？　体裁気にして、ほしくもない赤ん坊ができちゃった方がいいわけ？」

私は娘の物言いにテーブルを叩《たた》いた。

「なんてこと言うの、あなたは」

「私、子供を産みたくないの。こんなことは親に言うことじゃないと思って黙ってたけど、本当に本気で、子供つくる気だけはない」

ゆっくりと低くそう言う娘が、ただ感情的に言っているのではないことが分かった。それだけにショックだった。幸福な家庭で育った娘がまさか孫を産む気がないとは思いもしなかった。夫を窺《うかが》い見ると、やはり衝撃を受けたのか目を見開いている。

「それはお父さんとお母さんを見て育ったからか？」

絞り出すように夫が尋ねる。即座に娘が頷《うなず》き、長年の我が家の生活では一度もなかった、凍りつく空気が部屋に充満した。

「だって」

ふいに娘が呟《つぶや》いた。

「お父さんとお母さんは、どうしたって先に死んじゃうじゃない。私、若い頃生理が遅れて妊娠したかもって思ったことがあったの。その時すごく恐かった。相手の人と、お父さんとお母さんみたいな夫婦になれるとは思えなかったし、かと言って一人で産む勇気もなかったし。私だっていつか一人ぼっちになるんだって分かってるから、早く結婚したいと思うよ。でもお母さんにとってのお父さんみたいな人、いくら捜しても私には見つからないよ。本当はこのままでいたいの、私も。何をしても、どんな男の人と付き合っても不安で心配でたまんないのよ」

途中から娘は泣きだしていた。夫と私は顔を見合わせる。そんなことを自分の娘が考えていたなんて想像したこともなかった。

ひとしきり泣くと、娘は「お兄ちゃんに電話する」と言って立ち上がった。うちの電話には子機が付いていない。夫は「お母さんと寝室にいるからゆっくり話していいぞ」と娘の肩に手を置いた。

キングサイズのベッドの端で、私と夫は手をつないで座り、テレビを点《つ》けてはみたが二人とも真下の娘の声が聞こえないかと耳をすませていた。

やがて娘の笑い声が聞こえた気がしたが、それは嗚咽《おえつ》に聞こえないこともない。私は夫の手を握りしめた。三十分後くらいだろうか、階下から娘が大きな声で「お風呂《ふろ》入るねー！」と明るく言うのが聞こえた。

ぎくしゃくと階段を下り、二人でリビングに入ってみると、電話機の横のメモに走り書きを見つけた。

〈コンドームは使用期限切れに気をつけろ。心配するのは安心したいから。ほんとの安心なんかどこにもない。パパとママは特異例で参考にしたひにゃ結婚できねえ〉

息子が言ったことをそのまま書いたのだろう。最後に「ダディーとマミーに息子より伝言」と書いてあった。

〈心配しすぎると娘を余計縁遠くするるぞ〉

夫は息を吐いて首を鳴らした。私はソファに崩れ、明日から娘のお弁当を作るのはもうやめようと思った。

更年期

日本も実はカースト制度なのだと痛感したのは中学校に入ってすぐだった。単なる公立の中学だったが、小学校より学区が広いせいか、私は生まれて初めて「育ちのいい子」や「お金持ちの子供」を目の当たりにし、自分の育った環境がいかに劣悪であったかを知った。一生私は低いカーストから出られないのだと思い込み、中学時代は典型的なぐれ方をしたが、その中学の卒業間近、バイト先の社長から日本のカーストは自力で上がれるものだと教えられた。私は高校受験の日、何食わぬ顔で家出をし、それから何年も、借金だけで子供に当たり散らす両親と連絡をとらなかった。

物心がついた頃から何の根拠もなく強気だった私は、その性格を頼りに十代の後半と二十代の丸々をその階段を上ることに費やした。不安になったり、めそめそしている暇などなかった。そして三十一歳の今の私がある。いや、あるはずだった。

体調が崩れだしたのは半年ほど前だった。どんなに無茶をしても風邪ひとつひかなかった私が、ある朝起きてみたらめまいがし、ひどく体がだるかった。前日に深酒をしたわけでもなく、熱があるわけでもない。遅刻するわけにはいかないので、とにかく体にむち打って化粧をはじめたが、もう初秋で朝は寒いくらいだというのに突然体が熱くなり、塗ったばかりのファンデーションが落ちてしまうくらい大汗が噴き出した。

私は旅館やホテル、飲食店を経営する企業の本社に数年前から勤めている。それまでは現場にいたのだが、抜擢《ばってき》されて本社の企画部に配属になった。例のバイト先の社長に拾ってもらい、中卒で小料理屋の使い走りからはじめ、十七からは彼の持つ上品なクラブのバニーガールになり、二十五でウサギの衣装を脱ぐことを許され、その店のキャッシャーとなった。自分で言うのはなんだけれど、お客には誠実に接したし、どんな仕事でも絶対手を抜かず、年少の子の面倒もよくみた。売り上げを知る立場になると、フロアに出ている時には分からなかった店のずさんな部分が見えて、黒服陣に何か言わずにはいられなくなった。私の言い分はびっくりするほど素直に受け入れられ、たった二年で他支店と格段の差がつくほど売り上げが伸びた。そこで本社から目をかけられ、私はとうとうスーツで会社に通うような人間になったのだ。

そんな事情なので、やはり蔑視《べっし》されていると思うことはある。けれど今まで辿《たど》ってきた道を振り返ると、山にケーブルカーでしか登ったことのない人々と、千メートル級の山を何度も自分の足で登ってきた人間くらい心の体力が違うので、ちょっとした意地悪や嫌味など私にはストレスにさえならなかった。

なのにこの半年、生理の周期や量も乱れ、前日の酒が抜けにくくなり、寝つきが悪く、晴れやかに起きられた日が一日もないのだ。特に原因は思いつかないのに急に不安になったり、真冬でも突然体が熱くなって汗が噴き出し、暖房が強すぎてと言ってごまかさなければならなかった。

その朝も全身のだるさを感じながらロッカールームで化粧直しをしていると、部下の女の子が声をかけてきた。

「郷田さん、聞いてくださいよー。昨日またみやっちに号泣されちゃって。私はただレジュメの期日を伝えただけなのに」

はいはい災難だったね、と上の空で言うと、その子は首を傾げてしばらく黙っていた。

「最近元気ないですね。郷田さん」

「え？　そう？」

見透かされたようで内心どきりとした。

「二日酔いですか？」

「まあね。それより、宮内さんのことはしばらく我慢してあげなよ。たぶん更年期なんだろうから。いちいち気にしてたら、あなたの時間がもったいないでしょ」

そうですねと納得顔で頷《うなず》き彼女は出ていった。私も重い体に力を入れて立ち上がる。今日は女性だけのチームに任されたレストランバーの企画会議で、私がチーフを務めているのだ。自分より年長の女性が多いが、子供の頃から私は実年齢より上に見え、今はどうかすると四十代に間違われることもあるので、仕事の場ではなめられなくて済んでいる。その分恋愛の方では大損をしているように思うが、両方ほしがるのは贅沢《ぜいたく》というものだ。

会議室に入ると、ロッカールームで話が出た宮内という女性が仏頂面で座っているのが目に入った。五十間際の彼女は最近体調が悪く精神的に不安定で、部下にはああ言ったものの、私も相当彼女には苛《いら》ついていた。自分の体調も芳しくなく、だが私は努力してひた隠しに隠しているのに、宮内は感情的に誰かれ構わず当たり散らしていた。

会議を進めていくにつれ、宮内の瞼《まぶた》と鼻がどんどん赤くなっていくことに気がついた。次は彼女の報告の番で声をかけるのは気が重かったが、甘えるにもほどがあるという感情の方が強かった。

「では宮内さん。内装関係の見積もりを」

そう言ったとたん、彼女は立ち上がって「あんたなんか！」と唐突に吠《ほ》えた。

「偉そうな顔してるけど、会長の愛人だっただけじゃない」

脈絡のない訴えに全員が唖然《あぜん》となった。しかしそれは周知の事実だったので、私に対する驚きよりも宮内のヒステリーの方に非難の視線が向けられた。そんなことはどうでもよかったはずなのに、彼女の邪気にやられたのか、突然激しいめまいに襲われ私は無念にも椅子から崩れ落ちた。

会社のそばの産婦人科に私は担ぎ込まれた。生理にしては大量の出血があり、女性陣に気づかれてしまったからだ。丈夫が取り柄だった私が半年前から急に変調をきたしたのだから、何かしらの大病を予測せざるを得なかった。その日のうちにできる範囲の検査をされ、詳しい結果は後日だったが、中年の女医が表情を変えずにこんなことを言いだしたのだ。

「特に悪いところはなさそうなので、更年期障害かもしれませんね」

耳を疑った。私はまだ三十一歳だ。よほど驚いた顔をしたからだろう。女医は憐憫《れんびん》の混ざったかすかな笑みを浮かべた。

「問診で判断する限りでは更年期の症状に当てはまります。更年期というのは簡単に言うと閉経を挟んだ前後十年くらいを指すのですが、稀《まれ》に三十代で閉経する方もいるんですよ」

絶句している私に、彼女はさらに続ける。

「失礼ですが、堕胎の経験は本当に一度だけですか。極端なダイエットなどなさったことはありませんか」

返事の代わりに私はうなだれた。十代の頃二回、二十代の前半と後半に一回ずつ経験している。最後の一回以外は、恋人であり親代わりであった会長の子供だった。彼は産んでくれていいと言ってくれたが私が勝手に堕《お》ろしたのだ。体重は十キロ単位で増えたり減らしたりを繰り返している。

とにかく一度婦人科以外の検査も全部受けてくださいと言われ、私は病院をあとにした。顔は汗だくになるほど熱くなっているのに、手足の先は氷のように冷たくかじかんでいた。

無理をすれば仕事ができないこともなかったので、一日だけ人間ドックに入ってから出社した。だがどうにも集中力が続かず、部下のミスが異常に気になり、なのに自分自身が信じられないようなケアレスミスを毎日のように繰り返してしまった。

十五の時から働きはじめ、休日出勤はしたことはあっても有給休暇を私はとったことがなかった。無理をしていたわけではない。働くことが苦痛でなく、何もしないで休んでいる方が恐かったのだ。会社の人たちから休暇を勧められたが、それだけはどうしても受け入れる気になれなかった。

そんな頑《かたく》な私に、すぐにいろいろと噂がたち、わざわざ聞かなくても耳に入ってきた。愛人の会長が去年死んだから、両親が自己破産して会社にまで金の無心に来るから、年下の恋人とうまくいっていないらしい、子宮ガンかもしれないと、肯定も否定もできない噂が飛び交ったが、一番堪《こた》えたのが「宮内さんそっくりになってきた」というものだった。あんなふうにだけはなるまいと思っていただけに愕然《がくぜん》とした。

すべての検査の結果が出る日、緊張して病院を訪ねると、院長自らが出てきて「どこもなんともない」とはっきり宣言された。そんな馬鹿なと言葉が出なかった。ストレスで自律神経のバランスが悪くなっているのだろうと、軽い安定剤を処方されただけだった。

午後から出社するため地下鉄に乗りながら、私は暗い窓に映る自分の顔を脱力して眺めた。貫禄《かんろく》があるといえば聞こえはいいが、明らかに私は老け込んでいた。

生き急ぎすぎてしまったのかもしれない。私は同年代の人たちとまったく話題があわず、合コンにもディズニーランドにも行ったことがなく、ファッション誌もめくったことがない。会長に買ってもらった服を着て、他の男とデートに出かけたが、身も蓋《ふた》もなく言ってしまえばそれは全部男の体が目当てだったのだ。性欲もあったが、それ以上に誰でもいいから人肌に触れたかった。

女性誌の中吊《なかづ》り広告を見上げ、私は恋をしたことがあっただろうかとぼんやり考えてみた。会長のことは大好きで恩は感じていたが、それは情愛の範疇《はんちゅう》に入るものだった。だから子供を産む気になれなかったのかもしれない。それ以外の男にも、ただ精神安定剤としての役割しか求めていなかったように思う。

恋がしたいわけではなかった。ただ、一度もまともな恋愛感情を抱けないまま、閉経を迎えるかもしれないという事実に私は恐怖した。強気の私が「それもまたよし」とはどうしても思えなかった。老いと寿命を切実に感じた。

会社に着くと私は総務に直行し、三月いっぱい溜《た》まりに溜まった有給休暇を使って休むことを告げた。ぽかんとする総務の女の子に背を向けて歩きだしたとき、ちょうど廊下の向こうに宮内の後ろ姿を見つけた。その小さな猫背に私は声をかける。

生理休暇だけではなく、更年期休暇というものを会社に提案してみようと考えつつ、私は怯《おび》えた顔をした彼女に歩み寄った。

カラオケ

「私、カラオケ嫌いの女って最悪に嫌い」

新しい派遣の女性は吐き出すように言った。

「鷹野さん、それは極端すぎませんか」

恐る恐る反論してみたら、ランチの焼き魚定食の箸《はし》を私に向けて、彼女は間髪入れずに言い返してきた。

「だってさ、お酒が嫌いとか本が嫌いとか野茂が嫌いとかスッポン鍋《なべ》が嫌いとか、そういうの聞いても別にみんな軽蔑《けいべつ》はしないでしょ。そーゆー人もいるかもね、くらいじゃない。それがさ、なんでカラオケだけは誘っただけで大軽蔑な目されるわけ？　好き嫌いは人の自由なんだから軽蔑される筋合いはないっつーの。なにあの新堂って女。馬鹿？」

まくしたてられて私は息を吐く。

「確かにその通りだと思いますけど、新堂さんは馬鹿じゃありませんよ。それと、箸を人に向けるのはよくないんですよ」

「あ、ごめんなさい」

鷹野さんは意外にも素直に謝ったが、それが新堂さんのことではなく、箸のことだとしか私には思えなかった。鷹野さんはそんなことはどこ吹く風で、食後の煙草を吹かしている。

通販専門の化粧品会社に正社員として勤めはじめて四年、多種多様な派遣やアルバイトの人が来ては去っていったが、鷹野さんのような、よく言って天真爛漫《てんしんらんまん》、悪く言ってがさつな人は初めてだ。まだ一ヵ月余りなので扱いやすいのか扱いづらいのかも分からなくて、こうして二人で会社の人が来ない店でランチをしてみたのだが、ますます分からなくなってきた。三十一歳と言っていたから、新堂さんと同い年だ。同じ三十一歳でもいろいろだ。

「で、石川さんは彼氏いるの？」

いきなりそんな質問をされて私は絶句する。

「ええと、いえ、あの、いませんね」

「わかった。別れたばっかかなんでしょ」

からかうような目で覗《のぞ》き込まれ、少し腹が立った。

「いけませんか」

「いけないわけないじゃない。私だってふられてばっかだもん。じゃあさ、憂さ晴らしに今日カラオケでも行かない？」

「今日ですか？」

「無理にとは言わないけど」

「あ、そろそろ戻りましょう」

腕時計を見てごまかし私は立ち上がる。鷹野さんは友達に電話をかけてから戻ると言うので、店の前で別れた。彼女に限らず年上の派遣の女性と話すと疲労する。そういえばずいぶん長くカラオケなんか行ってないなと思った。大学時代のOB会で行ったから二年くらい前か。誘われれば行かないこともないが、自分から行きたいと思ったことはない。

オフィスに戻ると、そろそろランチの早番組がちらほら戻って来ていた。遅番組は定時まで鳴りやまない電話の応対をしている。全員揃うと約五十名の女性の指導やシフト管理をする立場に私はある。年下の人は四分の一くらいしかおらず、正直言って荷が重い。しかも結婚してくれるはずだった男性にふられたのと、この部署に配属になったのが同時だったので、精神的にもかなりキツい。

「新堂さんもそろそろお昼どうぞ」

もう休憩時間になっているのに、まだ着信ボタンに手を伸ばそうとしていた彼女に私は声をかけた。にっこり笑い新堂さんはイヤホンを外した。

「どうもありがとう」

「いえ、こちらこそです」

「石川さん、今日の口紅いい色ね」

「あ、他社のなんですけどねー」

新堂さんは穏やかに笑って立ち上がり、ロッカールームへ向かって行った。その大人な物腰に私はみとれる。一年ほど前、やはり派遣で来た人だが、とにかく美人で物腰が柔らかく、でも意見をきちんと言える彼女が、私には唯一緊張せずに話せる人だ。お茶をして、恋愛相談にのってもらったことがあり、それから時折二人でランチや軽い夕飯に行くようになった。離婚歴があるというので驚いたが、だからこそか大人な新堂さんの言葉は、私の子供な恋愛観を大きく変えた。憧《あこが》れの年上の女性と親しくなったことが、痛い失恋をした私をだいぶ救ってくれたのだ。

「ごめんなさい。遅れちゃいましたー」

そんな新堂さんを馬鹿扱いした鷹野さんがオフィスに戻って来、ばたばたとオペレートデスクに座った。

その夜、私はいつの間にかカラオケボックスに居た。いつの間にか、というのは、鷹野さんにおいしい餃子《ギョーザ》の店があるからと誘われ、どうせ予定もないし一人でコンビニ弁当を食べるくらいならと軽い気持ちでついて行ったら、その餃子の店にうちの会社の人達が何人か現れ、みんな彼女に呼び出されたらしく「この状況はなに?」と思っているうちに、全員半強制連行の形で連れて来られてしまったのだ。派遣の若い女性二名、総務の女の子、渉外の係長、営業部長という面々は、面識はあってもちゃんと話したことのない人達だった。たった一ヵ月で彼女はどうやってこんな人脈を作っていたのだろう。

気まずい感じでボックスに入ったのに、鷹野さんがまず「喝采《かっさい》」を朗々と歌い上げたのでいやに盛り上がった。派遣の女の子達は若いだけあってカラオケ慣れしていて、係長は酒飲みなので酔っぱらって八〇年代のポップスを歌い、ぶっとんだのは部長の「買物ブギ」だった。人は見かけによらないというか、選曲は見かけによらないものだ。ちなみに私は傷心中なので中島みゆきを歌ってみた。

「ねえねえ、アッコちゃんのエンディングテーマの合いの手知ってる?」

二十代前半女子達がモー娘。を歌っていると鷹野さんが耳打ちしてきた。たぶん、と答えると彼女は心から嬉《うれ》しそうに私の頭をくしゃくしゃ撫《な》で、早速歌本をめくって曲を入れた。

スキスキスキスキスキ、と鷹野さんが腰を振りながら歌いだす。はーよーいっと、と合いの手を入れたら全員がぽかんとし、そのあと腹を抱えて笑いだした。は、どーしたアッコちゃん、とヤケクソで私は声を張り上げる。はー、やとられネ、までほぼ完璧《かんぺき》に合いの手を入れたら、なんだか変な達成感があった。カラオケ好きだから歌が上手《うま》いのかと思ったら、鷹野さんは特に上手いわけではなかった。どちらかというと芸の域に入る。恥ずかしそうにしていた総務の女の子と一緒に歌ったり、マラカス振って踊ってみたり、とにかく気配り上手だった。結局終電ギリギリまで全員マイクを奪い合って歌いまくった。へとへとになって部屋に帰り着き電気を点《つ》けると、毎日のように襲ってきた大きな不安の固まりがその夜はやってこなかった。ちょっと悔しくもあったが、すっきりしたのは事実だった。

その翌週、私は上司に呼び出され、信じられない通達を受けた。新しい派遣の人を五人雇ったので、古株と問題の多い五人を切るという。その中に新堂さんの名前もあったのだ。あまりの驚きに私は上司にくってかかった。

「彼女は休憩時間も削って仕事しています」

「そんなことじゃない。誰が一番クレーム多いか、石川だって知ってるはずだろ？　正義感が強いのは結構だけど、お客を怒らせてどうする。たとえば鷹野なんかは最近名指しで注文がくるだろう」

返す言葉が見つからず私は唇を噛《か》んだ。リストラの決定権は上層部にあってヒラの私には何もできない。とぼとぼとオフィスに戻り、私はデスクに崩れるように座った。

上司の言うことはその通りだった。新堂さんは確かにクレームやアクシデントに弱い。美白クリームの成果が出ない、ダイエット用のサプリメントを飲んでも痩《や》せないなどとお客に言われると、人が変わったように声が一オクターブ高くなり、「すぐに結果が出る基礎化粧品がありますか。少なくとも半年は続けてからものを言ってください」とキレてしまうのだ。内容的にはそういうふうに言うように指導はしているが、謝ってからお客が納得するように説明してもらわなければ会社としては困る。ちょうど新堂さんは休憩中で、目の前で鷹野さんが電話応対をしていた。お客と世間話のようなことで笑い声を立てている。彼女は方便もうまいし、何よりお客のどんな見当外れなクレームにも笑って答えられるのだ。

派遣の人がクビを切られるのは何度も見てきたが、今回ばかりはつらかった。だがオペレーターというものに新堂さんが向いていないことは、納得せざるを得なかった。

上司から雇用契約の更新をされないことを聞いた新堂さんは、表面上は平静を装っていた。私が自分の力不足を謝ると、石川さんのせいじゃないわと笑顔まで見せた。まわりは皆、腫《は》れ物《もの》を扱うように新堂さんに話しかけないなか、鷹野さんが新堂さんに歩み寄り、明るくこう言ったのだ。

「あと三日なんでしょ？　派遣はつらいよねえ。パーッとカラオケでも行きましょうよ」

私は椅子から転げ落ちそうになった。前に鷹野さんが新堂さんをカラオケに誘ったとき、「下品だし、ちゃんと話ができないから遠慮する」と冷たく言われたのを覚えていないはずがない。しかしもっと驚いたのは、新堂さんが少し考える顔をしてから、あっさりと首を縦に振ったことだ。

その夜、急遽《きゅうきょ》集められた先日のメンバーで私たちはカラオケボックスへ向かった。最初は鷹野さん以外の人は全員気まずそうだったが、座が盛り上がってくるとすぐにこの前と同じような状況になった。新堂さんは人の歌を微笑んで聞きながら、何杯もお酒のお代わりをしていた。鷹野さんは意外にも新堂さんに「歌え」とは言わなかった。ふと気がつくと、新堂さんの頭が微妙に揺れているのが分かった。考えてみれば彼女がこんなにお酒を飲んだところを見たことがない。洗面に、と言ってドアを出ていく足元がふらついている。心配になってついて行こうとする私を、鷹野さんが「放っておいてあげなよ」と言って止めた。

トイレから戻ってくると、新堂さんはやっと歌本に手を伸ばし、おぼつかない手つきで数字を打ち込んだ。係長の下手なラップのあとに画面に現れたのは、中森明菜の「難破船」だった。

いきなりだーだー涙を流しながら、新堂さんはそれを歌い上げた。ものすごく上手かったので歌い込んでいると思われる。拍手するのも忘れ鷹野さん含む全員が固まってしーんとしてしまっているなか、歌い終わった新堂さんは顔を手の甲でごしごし拭《ぬぐ》った。

「あー気持ちよかった」

マスカラとアイラインの落ちた黒い目元をゆるめ、新堂さんは晴れ晴れした顔で言った。

お城

ゆっくり起きた土曜日の朝、いつもの休日通り紅茶片手に新聞の折り込み広告を端から丹念に読んでいって、私は一枚の新築マンションのちらしを見つけた。マンション広告を見るのは前から好きで、もしこれが自分のものだったら家具をこんな配置にしようなどと考えるのが楽しくて、かなり見慣れていた。けれどそれは楽しいというより、胸をざわさせるものだった。見てはいけないものを見てしまったような気がして、他のちらしの中に突っ込んだ。忘れようと近所のスーパーの安売りちらしに没頭してみたが、どうにもこうにも落ち着かず、もう一度それを手に取った。今度は端から端までみっちり読み込む。場所は今住んでいるところの隣の駅から徒歩五分。売主も施工も評判の悪くない大手企業だった。六階建てで三十戸、3LDKと2LDKが半分ずつ、ペット可で管理費は高からず安からず。最上階の百平米以上ある3LDKだけが八千万円台だが、その他は広さもいろいろあり、それなりに良心的な価格だ。完成・引き渡しは半年後。非の打ちどころのなさに、見当違いだがちらしを破り捨てたくなった。

「こんなの買っちゃうじゃないかっ」

居眠りしていた猫に私は大声であたり、猫はびくりと顔を上げ、すぐまた眠り込んだ。

気がつくと私は化粧をはじめていた。持っている服の中で一番大人っぽいスーツを選び、パンプスを履く。モデルルームというものに私は行ったことがなかったが、賃貸の一人暮らし歴が長いので、独身女が不動産屋になめられない方法くらいは知っていた。

午後のまだ早い時間だったせいか、モデルルームの受付に客は一人もいなかった。部屋を見る前に、いやに洒落《しやれ》たデスクで男性担当者が応対してくれ、職業と自己資金を聞かれたので正直に答えた。すると意外なほど彼の態度が丁寧で親切になったので驚いた。賃貸の不動産屋でこんな顔をされたことは一度もない。現物ではなくモデルルームなんか見て分かるんだろうかと半信半疑だったが、そこはとてもプレハブの中に作られたものとは思えないくらい完璧《かんぺき》に美しいマンションの一室で、一目で気に入った。モデルルームは分譲数が多い七十平米に少し欠ける2LDKで、リビングの広さを求める顧客には和室部分をフローリングに替え1LDKにもできるという。知ったかぶりをして床スラブ厚なんかを聞いてみると、十八センチだと営業マンは胸を張って言った。応接用のデスクに戻り、壁に貼った大きな価格表を見せられた。赤いバラを模した花が、上層部にみっつ、一階と二階によっつ、付けられていた。買うつもりで来たわけではなかったが、三階のもうひとまわり小さい東向き2LDKなら手が届きそうな気がして、ローンの計算をしてもらった。

ますます買えそうで、私は困惑をひた隠しに隠し、一晩考えてから明日ご連絡するかもしれませんと言い置いて、モデルルームをあとにした。

誰にも言ったことはないが、実は三十一歳にして、私には貯金が二千万円ある。特別無理をして貯めてきたわけではないが、貯まりはじめると面白くて、ここ数年で意識的に増やしたことは確かだ。大手製紙会社に勤める私の給料とボーナスは、びっくりするほどではないにしろ、平均よりはだいぶいい方だと思う。そこへ元々堅実な性格と、お金に対する意識が若いうちから高かったので、いつの間にか自分でも驚くほどの数字が通帳の中にあった。

その夜、猫の頭を撫《な》でながら私は珍しく来し方行く末などを考えてみた。母子家庭、といっても、母は誰かの愛人で私生児として私を生み育てた。見知らぬ父親からいくばくかの援助はあったのかもしれないが、子供心に家計が苦しいことは知っていた。でもどうしても大学は行きたかったので人一倍勉強し、私学だったが特待生で東京の大学に入った。学費は免除だったが、母からの仕送りは家賃で消え、あとの生活費はアルバイトでまかなっていた。だが裕福な同級生達を特に羨《うらや》ましいと思ったことはなかった。それよりも自活している自分が誇らしかった。

お金の苦労を知っていたので就職はなんとしてでも給料がよく、育児休暇がちゃんとあり、定年までいられそうな会社を受けまくり、希望通りの企業に内定をもらえた。これで少しは母親に仕送りができると思っていたら、私が就職したとたん、母は一人娘を育てる義務を果たした気になったのか、実家に帰ってしまった。母の実家は大きな旧家で、出戻りの居候だから大きな顔はできないと言いつつも、母は生まれ育った家で今も平和に暮らしている。そういうわけで、私は給料を全部自分の好きにしていいことになった。

友人は私の堅実ぶりをよくからかうが、私にしてみれば当たり前の暮らしをしてきただけだ。幸か不幸か下戸なので飲み代はほとんどかからないし、洋服にもあまり興味がないのでバーゲンで定番服を買うくらいで、日用品はスーパーでまとめ買いし、自分に禁じているのはコンビニに行くことくらいだ。あとは年に一回くらいは温泉や海外旅行にも行くし、携帯もピッチだけれど持っている。会社では定時退社日の水曜と、誘われやすい金曜は習い事が入っていることにし、それ以外の夕飯やカラオケの誘いは断っていない。毎月十万円の積み立てとボーナスをまるまる貯金にまわし、一千万を超えた頃から元本割れが少ない投信に手を出してみたら、ある日二千万に届いていたのだ。

私の唯一の贅沢《ぜいたく》は部屋に関することだった。大学時代のボロアパートから数えると、今住んでいる部屋でよっつめだ。就職して最初のボーナスで憧《あこが》れのワンルームマンションに移った。その二年後にロフト付きの広めのワンルームに移り、そこで恋人と半同棲《どうせい》生活を二年して、その人と別れたことをきっかけに古い友人二人が住むこの私鉄沿線の2Kのコーポに移り、そこには長く居るつもりだったのに更新直前にうっかり猫を拾ってしまって、今のペット可の古くて狭い1LDKに移ったのだ。そういうと順調に引っ越しているようだが、毎回不動産屋との駆け引きに私は不愉快な思いをさせられていた。誰もが知っている企業に勤めて真面目に生活しているのに、保証人が幼なじみの夫であるという点で審査に落ちてしまうことが多かったし、こんないい物件は今すぐ決めるべきですよと必ず言われるのにも腹が立った。結婚するつもりでしていた半同棲生活は、結局私が家事全般をし、なのに水道光熱費も食費のことも考えてくれない彼に呆《あき》れたし、何より一人になりたい時に一人になれないのが苦痛だった。その時点で私は結婚には向いていないのかもなと漠然と思い、一生一人で暮らしていく覚悟が生まれてしまったものだから、さらに貯蓄熱に拍車がかかった。

その時チャイムが鳴り、ドアスコープを覗《のぞ》くと一階に住んでいる大家のじいさんが立っていて仕方なくドアを開けた。

「あのね、サッシの滑りにいいのがあるから持って来たんですよ。ちょっといいですかな」

いいも悪いも言う前に大家はずかずかと人の部屋に上がり込み、勝手にベランダに向いた窓を開けて、レールの部分に何やら油のようなものを吹き付けていた。私は文句を言う気にもなれず、じいさんの頭の上に干してある自分の下着を見ていた。

「ほら、よく滑るようになったでしょう」

「はあ」

意地でも礼を言う気はなかった。大家といえど、勝手に人の部屋に（しかも女性の）上がっていいわけがない。しかもここに入居する時に、前の人が合鍵《あいかぎ》を作っていたら恐いので鍵を替えてほしいと頼んだら、「うちはちゃんとした人にしか貸してないから心配ない」と相手にしてもらえなかった。そんなじいさんに何を言っても無駄だろう。大家が出て行ったあと私はソファにへたった。賃貸は身軽で、いやならすぐ引っ越せるから便利と思っていたが、自分が「住む場所を借りている」ことに疲れてきていることを自覚した。どんな人当たりのよさそうな大家さんでも、ちょっと気に障ることがあると態度が豹変《ひょうへん》する。確かに自分がアパート経営でもしていたら、そりゃ入居者の素行が気になってピリピリするだろうと思う。どこに越しても確かにマナーの悪い人は必ず一人くらいはいる。どうせ仮住まいという気なのか、建物の中で会って挨拶《あいさつ》しても無視されることも多い。なんだかそういうこと全部に私は疲れ果てていた。けれどももし買うことにしても、友達の旦那《だんな》さんにローンの保証人を頼むのは気がすすまなかった。引っ越しの度、本人は全然構わないと言ってくれたが、私には大きなストレスだった。ましてや賃貸ではなくローンの保証人では向こうもそう簡単には返事をしにくいだろう。

私は生理用品の企画部にいるので職場はほとんど女性で、マンション購入のことが世間話で出ることが多い。金銭的には賃貸の方が得だとか、いや、年齢がいくとろくな物件が借りられないとかそういう知識はあった。だからなんとなく、四十歳までに結婚していなかったら買うのもいいかもな、と遠い未来のこととして漠然としか考えてこなかった。

私は膝《ひざ》の上の猫をどけて立ち上がり、普通預金と非常用の郵便貯金の残高を見るために立ち上がった。

半年後、私はその新築マンションの最初の説明会に来ていた。久しぶりに気分が高揚していた。完成した部屋を見るのは来月だが、恐がっていたバンジージャンプをしてみたら、すごく爽快《そうかい》だったみたいな感じだ。

これから同じマンションに住む人々を見渡してみる。一人で来ている三十代と思われる女性も予想以上に多く、あとは新婚風カップル、熟年夫婦、そして男性一人も幾人かいた。皆心なしか一様に晴れやかな顔をしている。

私は結局ローンを組むのをやめた。半年前、定期と普通預金の額を足してみたら、ちょっきり欲しい部屋が買える額があったのだ。貯金が壊滅するのは正直不安だったが、入居までに半年あったので（その間にはボーナスもあった）、それまでに百万円以上は貯められる自信があった。そうすれば、補修金やら税金やらもしばらくは心配ないだろう。友達に話したら堅実のツケがまわってきて気が変になってる、と止められたが、なんのために馬鹿みたいに貯金してきたかをよく考えてみたら、要するにいざという時困らないようにしていたかったからだ。いざ、は今だと私は結論を出した。住むところさえあればあとはなんとかなるだろう、という楽観的な気分を生まれて初めて味わった。ローンではなく現金で買うことに決めたら、拍子抜けするほど手続きも簡単で審査らしい審査もなく、もちろん保証人も必要なかった。

管理体制や内装業者の説明を聞きながら、猫と自分のぴかぴかのお城を想像する。幸せすぎてめまいがしそうだった。

説明会の最後に、自治会の役員を決める抽選があった。もちろん立候補する人はおらず、広い会場の壇上で一人一人くじを引いた。三十戸中で三人の役員が選ばれる。十分の一の確率。神様、お願いですから面倒は勘弁してください、真面目に生きてきたんですから、と唱えながら三角形に折ったくじを開いたら、大きな赤丸がそこにあった。

思わず出た言葉は「あーあ」ではなく「やっぱり」だった。急にバンジージャンプの綱が切れたような気がした。夢から覚めた私は、同じように肩を落としているもう二人の女性と一緒に、落ちた川を泳ぐしかないようだと眉間《みけん》を揉《も》んだ。

当事者

まだ暑さの残る東京で、深夜、バイト帰りにみんなで冷やし中華を食べていた時、私はそれを見てしまった。ラーメン屋のテレビに映し出された画像。ニューヨークの超高層ビルに航空機が突っ込み、後に誰でもが口にしたように「映画みたいに」あっけなく崩壊した。アメリカに知人がいるでなし、ましてやアフガニスタンにも縁などはない。けれど私は尋常ではない既視感に襲われ、その日からまる一週間、ほとんどものが食べられなかった。バイトは風邪だと言って休んだ。


「ここんとこ元気ないな」

私が開店前のバーカウンターでグラスを磨いていたら、店長に声をかけられた。

「そんなことないですよ」

「自覚ないのか。グラスいくつ割れば気が済むんだ？」

「すみません。給料から引いてください」

店長といっても経営者ではなく雇われの彼は私と同じ三十一歳で、店の外で見せる笑顔になって頭を軽く叩《たた》いてきた。

「そんなこと言ってんじゃねえよ。心配してんだよ。終わったら飯でも食う？」

「あー、ちょっと寝不足が続いてるから……」

そこでアルバイトの子達がわらわらロッカーから出てきたので話は終わり、私は少しほっとした。店長とはこの店に入った四年前からの付き合いで、付き合いといってもお互い恋愛感情はなく、いい仕事仲間であり、相談相手であり、気楽な飲み友達でもある。なのに彼との話が曖昧《あいまい》になってどうして安堵《あんど》したのか、自分でもよく分からなかった。

オフィス街の一角にあるレストランバー、というと聞こえはいいが、会社帰りの若いサラリーマンとOLをターゲットにしたこの店はフロアが広く、バー風居酒屋といった方が的確かもしれない。私はこの店のカウンターでドリンクを担当している。大学を出たが就職せずフリーターとして職を転々とした後、この店にウェイトレスとして入った。その初日、たまたま二人いるバーテンダーの一人が病欠となって困っているようだったので「簡単なカクテルくらいは作れますけど」と申し出たのが始まりだった。大学時代の四年前、やはり若者向けのカフェバーでバイトをしていて、当時そこのバーテンと付き合っていたので、いろいろと教えてもらったのだ。お酒は好きだし楽しかったが、所詮《しょせん》は素人だったのでフリーターになってもそれまではあえて言ったことはなかった。

七時半には連日満席になる、チェーン展開をしているこの店は、そこそこおいしい食事と酒、そこそこの価格、小ぎれいな内装で、二十代から三十代前半の客が気軽に立ち寄り、一日の売り上げは相当なものだ。メニューにないカクテルを注文されることは稀《まれ》で、私は黙々と生ビールを大量に注ぎ、ジンフィズだのモスコミュールだのを調合する。ラストまで絶え間なく入るオーダーを受け続けるこの仕事は自分にとても向いているようだ。何も考えないでいい時間。手と体が勝手に動き、小さいカウンターに座った客と少しだけ世間話をするのも楽しい。

ラストオーダーの三十分前、ふと顔を上げると常連客の男性が目の前に腰を下ろした。

「あ、いらっしゃいませ。お久しぶりです」

「うん。ここんとこ忙しくてね。今日は早めに終わったから、あなたのカクテル引っかけて帰ろうかと思って」

一年ほど前からふらりと現れるようになった五十代後半らしき身なりのいい客だ。大人の男性ならもっと居心地のいいバーへ行けばいいのにと不思議に思っているのだが、何故だか私の作るカクテルが好きだと言う。最初はナンパなのかと思ったりもしたが、本当に一、二杯飲んで帰るだけで、誘われるどころか名前さえ聞かれたことがない。変なおじさんだ。

「元気がないね。風邪でもひきましたか?」

お客にまで言われてしまって、仕方なく認めることにした。

「ええ、ちょっと滅入《めい》ることがあって」

「そうだね。世の中滅入ることばっかりだ。でもあなたの酒を飲むと少し元気が出るよ」

歯の浮きそうな台詞《せりふ》なのに、その人が言うと素直に受け止めることができた。嬉《うれ》しいし照れる。

その夜、閉店後に珍しくオーナーがやって来て、社員達に訓辞を垂れていったので終電を逃してしまった。私はアルバイトだが、他のバイトの若者達と比べて倍近い時給をもらっているので社員同様と見なされて巻き込まれたのだ。社員には帰りのタクシー代が出るが私はそうではない。たまにあることなので、同じ私鉄沿線に住んでいる店長が送ってくれることになった。タクシーの中で彼はいつものように明るく喋《しゃべ》り続ける。朝から体調があまりよくなかったのだが、おなかの調子がどんどん悪くなってくるのを感じた。

「どうした?　具合でも悪いのか?」

気づかれないようにしていたが無駄だった。

「実は正直言ってトイレに行きたい」

「なんだと。うんこか」

「はっきり言わないでください」

「あと五分くらいでうちに着くけど、それまで我慢できるか？」

恥ずかしがっている場合ではないくらいせっぱ詰まってきた私は冷や汗をかきながら頷《うなず》いた。マンションの前に車を停めてもらい、腹痛とめまいをこらえて何とか彼の部屋へ走り込み、コートを着たままトイレに飛び込んだ。出すものを出してしまうと、急に恥ずかしさがこみ上げてきた。いくら飲み友達だといっても一人暮らしの男性の部屋に、トイレを借りに飛び込むことになるとは情けない。おずおずとリビングに入っていくと、彼はキッチンでお湯を沸かしていた。

「どうよ。まだ腹痛い？」

「……もう大丈夫。失礼しました」

「急に寒くなったから冷えたんじゃねえの。ホットレモン作ったから飲んで少し横になってなよ」

部屋にソファはなく、彼が指さしたのはベッドだった。一瞬ひるんだ私に彼は呆《あき》れたように笑った。

「下痢女に手え出すか。コンビニ行ってくるからテレビでも雑誌でも見てろ」

知ってはいたが優しい人だ。私はジャケットを脱いでベッドに腰掛け、彼が点《つ》けていってくれたテレビを消した。私は一人暮らしをはじめた十八歳の時から部屋にテレビを置いたことがなく、新聞もとっていない。見たくないものをうっかり見てしまうのが苦痛なのだ。それを変人扱いされて恋人にふられたこともある。

下腹がまだ少し痛かったが、胃腸が弱いため慣れているといえば慣れている。少し休めばけろりと治るのだ。ベッドに横になってみるとものすごく楽で、やはり体調低迷が続いていることを自覚した。もう若くないということだろうか。目を閉じるとすぐにでも眠ってしまいそうで、私はサイドボードに積んである雑誌や本をめくってみた。週刊誌、漫画雑誌、文庫本。興味をひかれるものは特にない。しかし雑誌の山の一番下に私はそれを見つけてしまった。

ある写真週刊誌が廃刊になったのは電車の中吊《なかづ》り広告で知ってはいた。その最終号だ。開いてはいけない。雑誌を元に戻し、今すぐにでもここを出なければいけないと思っても、震える手が勝手にその雑誌をめくっていた。

高校生だった私が一日に何度も何度も見て、その度に吐き気と腹痛に襲われた写真が見開きページにあった。航空機の墜落現場。泥の中から人形のそれのように飛び出した大きな足の裏の写真。夥《おびただ》しい散乱物。木の枝にひっかかった人間の皮膚の一部。

「おい。マジ具合悪いのか。救急車呼ぶぞ」

コンビニから帰ってきた彼の第一声はそれだった。私はベッドに突っ伏し、全身の震えと嗚咽《おえつ》を必死で止めようとしているところだった。違うの、と小声で言うのが精一杯だった。

あの夏、同じクラスの女の子がその飛行機に乗っていた。特に親しいわけではなかったが、私は実家のテレビにはりついてニュースやワイドショーを狂ったように見続けた。夏休みが終わると彼女の席には花が置かれ、校長と担任が彼女の分まで元気に生きてくれというようなことを言い、クラスのほとんどの女の子が泣いていたが、私は何故か泣くことができなかった。その後出版された事故関係の雑誌や本を買いあさり、貪《むさぼ》り読み、日に日に痩《や》せ細っていった私を両親が心配し医者に連れて行った。医者のせいでは決してないが、それを機会に私は集めた本を全部捨て、受験勉強にかこつけるようにして、そのことを考えるのをいっさいやめた。実際大学に入ってしまうと毎日それなりに楽しく、すぐにといってもいいほど私は航空機事故のことを考えなくなっていた。やっとの思いで私は彼にそこまで説明した。

「誰にもそれ、話したことなかったのか」

頷く私に彼は子供にするように頭に手を置いた。

「男にも言えなかったんだな」

もう一度私は頷いた。大きな地震も火山の噴火も地下鉄に撒《ま》かれたサリンも殺された小学生のことも、誰かが口にすると心が勝手に耳からシャットアウトした。知ってしまうことが恐かった。高校生のあの夏のように、弱い自分が追いつめられ逃げられなくなるのが恐かった。

私は彼の首に腕を回して力をこめた。長い間、彼は私を抱きしめ髪を撫《な》でてくれた。セックスしてもよかったが彼は私のシャツのボタンひとつ外さなかった。明け方に二人ともうつらうつらしかけた頃、彼がぽつんと言った。

「いいんだよ。当事者じゃない人間は当事者と同じ気持ちにならないで。いつか自分がそうなったときに頑張れば」

もうろうとした頭で私は彼の言葉の意味を考えようとしたが、やがて眠りに引き込まれていった。

翌週、またあの変な常連おじさんが店に現れた。私の顔を見たとたんにっこりと笑った。

「元気になったみたいですね」

「はい。ちょっといいことがありました」

「そうだね。生きてるといいことがあるよね」

「オリジナルカクテルを作ってみたんですけど、味見して頂けませんか」

おじさんは驚いた顔をしたあと「それは是非」と言った。彼はウォッカベースのカクテルが好きなので、ココナッツとレモンのリキュールを混ぜて抹茶の粉を少し振ってみた。甘口が嫌いだったら失敗だがどうだろう。

「うん、ほっとする味だね」

ああ、よかったと胸を撫で下ろしていたら、突然彼がこんなことを言いだした。

「私は定年になったらバーを作ろうと思ってるんだけど、もしよかったらうちに来てくれないかな」

真面目な顔で名刺まで出し、彼はまっすぐ私を見ている。あまりに予想外のことを言われて返す言葉を見つけられなかった。

「まだ二年先だし、ベテランの男性はもう目星をつけてあるから見習いさんからだけどね」

「どうして私なんかを?」

やっと出てきた台詞はそれだった。私などバーテンダーとも言えないレベルなのに。

「姿勢がいい。シェーカーの振りが大きいのもいい。何よりマナーがいい。愛想と距離感のバランスというか」

そこで彼は言葉を切って、また続けた。

「そっけなく見えるが、あなたは優しいし強い」

以前なら「そんなことないです」と否定していただろう。私が優しくて強いかどうかは別として、やっと自分が自分の人生の当事者になってゆくような予感がしたのは確かだった。

ホスト

まさか自分がホストクラブにはまるとは思ってもみなかった。そりゃ月に百万単位の金を使っているわけではないが、この数ヵ月、週に一度か二度は店に通っているわけだから、十分はまっていると言えるだろう。

そもそものはじまりは仕事の取材で、担当している作家が行ってみたいと言いだしたからだ。これが友人にプライベートで誘われてのことだったら、興味より億劫《おっくう》さが先だって断っていただろう。大手出版社勤務の私は二十代の時ほどではないがそれなりに忙しく、ホストクラブに行く時間があったら読書か睡眠にそれを使いたかった。週刊誌の人に初心者向け優良店を教えてもらい、私は女流作家と恐る恐る店に足を踏み入れた。ホストの気取った写真が所狭しと飾ってある、悪趣味ともキッチュともいえるきらびやかな内装のその店は想像以上にフロアが広く、席の間隔がうまくとってあって生バンドまで入っていた。銀座のいわゆる文壇バーで男性作家を接待することに慣れていた私は、店の造りだけでも少なからず驚いた。おじさまから若い子まで年齢容姿様々なホストにぐるりと囲まれて、四十代半ばの独身女流作家は今まで見せたことのないはしゃぎぶりだ。私はハラハラしてしまい、その時は自分が楽しむ余裕などなかった。私にも携帯番号の書かれた名刺が山のように渡され、髪型や服装を褒められ、遠回しに、でもしつこく電話番号を聞かれたが、教える気にはなれなかった。血液型や星座を聞かれたり「僕って何歳だと思います？」とホストに尋ねられた時は、「合コンじゃないんだからもっと気の利いたこと言えば？」と思わず言い返したくらいだった。

それがどうしたことだろう。私はほぼ毎日かかってくる暁君からの電話を楽しみにしている。暁はアキラではなく「あかつき」と読む。十八歳から地方でホストをやってきたという、顔も名前も経歴も直球王道ホストだ。その日、せっかく楽しみにしていた電話に会食中で出られなかった。あとで聞くと留守電には「お忙しそうですね。体調だけは気をつけてくださいね。また明日電話します」と礼儀正しい声が入っていて、私はメッセージを消さず保存しておいた。寝る前にもう一度彼の声を聞こうと思ったのだ。作家との会食の二次会が十二時を過ぎたところでおひらきとなり、私はぐったりしてタクシーで自宅に向かっていた。途中で携帯が鳴り、暁かと思って慌てて出ると、付き合っている彼からだった。

「今どこ？　時間あいたんだけど、飲みにでも行く？　お前んち行ってもいいけど」

「帰りの車の中。あのね、悪いけど接待でへろへろなの。またにして」

そう言って返事も聞かずに電話を切った。あいかわらず勝手な男だ。以前なら躊躇《ちゅうちょ》なく運転手に行き先を変えてもらうか、急いで戻って散らかった部屋を片づけて彼を迎えただろう。これも暁のおかげだと私は車のシートに深く座り直して息を吐いた。新聞社に勤める彼とは六年前に仕事で知り合った。付き合っているといっても彼には別居中の籍が入っている妻がいるし、お互い忙しいのでどうかすると二ヵ月近く会わないこともある。でも私は彼のことが心底好きで、あんな煮え切らない男をどうしてこんなに好きなのか分からないくらい好きで、どんなに疲れていても彼の時間があけば自分の予定をやりくりして睡眠時間を削ってでも会っていた。みっつ年上の彼とは話も体の相性もよく、彼も私と居るときが一番なごむと言ってくれていたので、いつか結婚できるのではないかとずっと希望を持って付き合いを続けてきた。そんな自分がだんだん疲弊していることに気がついたのは、ホストの暁と会うようになってからだ。

三ヵ月前、私の誕生日に遅くなってからでも会おうと彼は言ったのに、どうしても仕事が終わらないとドタキャンをくらった。いつもより数段着飾って待ち合わせのホテルのバーに居た私は怒る気にもなれず、彼からの電話を力なく切った。帰って寝てしまうにはあまりに気持ちが消化不良で、一人で時々飲みに行く店もあるが、気が進まなかった。待っている間にだいぶ飲んでしまっていたのでその酔いも手伝って、私はホストクラブに電話をし、最初に行った日に隣に座っていて、まわりの喧噪《けんそう》など知らん顔をし、口数少なく煎《せん》餅《べい》をぽりぽり食べていた若い男の子を呼びだした。すると暁は想像以上に喜んだ声を出し、二十分もかからず飛んできた。電話してくれただけで嬉《うれ》しい、自分の店に来なくてもいいと言われたのが逆に悪く感じて、私は彼とクラブに向かった。

それから毎日のように電話がかかってくるようになり、でも二分以上は話さず暁は電話を切った。営業なのだと思うとかえって気楽だった。それから仕事が早めに終わると、私は店に立ち寄り暁を指名し、よほど疲れていなければアフターとして深夜までやっている店で彼に食事をご馳走《ちそう》した。彼らの日給は数千円で、指名料や同伴がなければとても食べてはいけないシステムになっていると暁から聞いた。遅刻はもちろん、週末には指名が入らないと罰金まで取られるという。それを聞いて私は「なるほどね」と感心した。そんな話を聞かされれば、お金を持っている女はほだされるだろう。だから私はシステムを承知の上でほだされてみることにしたのだ。

二人きりになると必ずつないでくれる手。歯の浮きそうな台詞《せりふ》。力をこめた抱擁。タクシーの中や路上でさりげなくされるキス。みんな本当は恋人にしてもらいたいことだった。でも不思議と、これは疑似恋愛で責任はないのだと思うと、彼とのそれよりうっとりすることができた。

「働いてる女の人は大変だと思うけど、ちょっと親父化しちゃってるよ」

六歳下の暁はからかうように私にそう言うことがあった。煙草の煙は鼻から出さないで。ふざけても自分をオレって言わないで。スカートの方が絶対可愛いよ。僕と会う時だけでも女の子でいてよ。彼にそう言われると何故だか素直になれた。まだ三十一歳だというのに、そういえば私はずいぶん前から女を下りていたように思う。臑毛《すねげ》の手入れが面倒でパンツスーツばかりだったが、暁がきれいな足だと褒めてくれるのでなるべくストッキングを穿《は》くようにしたし、チケットを買ったきり忙しさにかまけて行っていなかったエステにも時間を見つけて通いだした。すると会社の人達から、急に綺麗《きれい》になって怪しいなどと言われたが、ホストのおかげだとは言えずただ笑っておいた。恋人も、私が前ほどしつこく連絡しなくなったせいなのか、たまに会うと以前より優しく接してくれ、そして「何だか一皮剝《む》けて女らしくなったね」とまで言ってくれた。

数日後、夜中まで待たされるはずだった原稿が午後イチで送られてきて、私は早めに会社を出ることができたので暁の店に行くことにした。彼は特に売れっ子ではないが、もちろん私の他にも固定客を持っており、時折席を外した。するとヘルプの男の子達がちゃんと私を囲んでくれる。ビール飲んでもいいですか、つまみを頼んでいいですか、とルックスのいい男の子達に聞かれるのは悪い気分ではなかった。もちろん全部私が払うことになる。大抵一回の支払いは五万円くらいになるのでそう調整しているのではと想像しているが、特に確かめたいとは思わなかった。私の年収は三十歳になった時に一千万円を超えたので、それよりもっと少ない年収で家族を養っている男の人もいるのだから、ホストクラブで月に二十万くらい使ってもいいだろう、それで心の安定が買えるのなら安いものだ。それにたぶん一年も通えば飽きるだろうと漠然と感じていた。

その日のアフターは私の知っている店も底を突き、どこへ行こうかうまく思いつかなかった。仕事関係の人に会ってしまいそうな場所は避けたくて深夜の路上で私が考え込んでいると、暁が私の部屋に行ってみたいと言いだした。一瞬考えたが私は頷《うなず》いた。なんにも食べ物ないよと言うと、コンビニで肉まんでも買っていこうよと彼はあっけらかんと言った。近所までタクシーで行き、飲み物や食べ物を買い込んで外に出ると、暁が歩きながら食べようと、肉まんを袋から取り出した。

「お行儀悪いよ。家で食べよう」

「こういうのは寒いとこで、あったかいうちに食べるのがいいんじゃない」

まるで頓着《とんちゃく》せず、彼は肉まんを渡してくる。若いなあと苦笑しつつそれを齧《かじ》ってみると思いのほかおいしく、学生の頃に戻ったようでなんだか妙に楽しかった。だからというわけではないけれど、私はその夜、求められるまま暁とベッドに入った。いくら若くても暁は男で、しかも夜の仕事の経歴が長い。久しく恋人ともセックスしていなかった私は最初ばかみたいに緊張してしまったが、暁のリードでいつしか我を忘れていた。自分でもこんな声が出せるのかと感心し、暁は新しい玩具《おもちゃ》に熱中する子供のように何度でも私を試した。

明け方、疲れ果てて二人共眠っているとドアの鍵《かぎ》が開く音がし、私よりも暁が早く気がついた。さすがに慌てた様子の彼を制し、私はローブを羽織って寝室を出た。予感はしていたので玄関のドアにはチェーンをかけてあった。細く開いたドアから恋人の顔が見えた。視線が合ったので私は指で暁の革靴を指した。彼は動揺を隠しきれない様子で、でもぎくしゃくと頷き背中を向けた。

「待って」

思わず私は声を出した。

「合鍵返して。ポストに入れていって」

そう言ってから私はドアを閉め、玄関の鍵を恋人に聞こえるように思い切り閉めた。

そんなことがあった後も、恋人と暁は変わらなかった。恋人は鍵こそ返してきたが、あいかわらず自分の時間があくと連絡をしてきたし、暁は毎日のように電話をしてきて、今度会えそうなのはいつですか、会えないと淋《さび》しいですと言ったりした。なんだかどちらも前のようには嬉しくなく、腹さえ立った。怒りの矛先は恋人でも暁でもなく自分だ。何をやっているんだろう私は。そして何をやっていく気なのだろう。

打ち合わせ先のデザイン事務所から会社に戻ろうとした時、携帯電話のサービスセンターが目に入った。私は吸い込まれるようにそこへ入り新しい携帯を買った。そして愛用してきた、恋人や暁や仕事先、友人のメモリーが入った携帯のバッテリーを抜き、駅のゴミ箱へ放った。会社に戻ったら、携帯を失くしてしまったと大事な人にだけ連絡を取ろうと、悲しいでもなく自然と思えた。急に身軽になった気がして、私はエスカレーターではなく階段を足で上って山手線《やまのて》のホームに立った。

銭湯

働くのをやめて一年がたった。短大を出てからずっと勤めていた中堅の銀行が大手に吸収されるのを機会に依願退職した。それからずっとぶらぶらしている。きっと一年も無職でいれば、いてもたってもいられず職安に通いだすのではないかと予想していたのだが、就労意欲はまったく湧いてこない。

何がわからないって、自分が一番わからない。

私は特に変わった人間ではない。子供の頃から何かに秀でているわけでも、何か大きな欠点を持っているわけでもなかった。趣味もなければ特技もないし、容姿も平凡だ。それなりに愛想やら処世術は身につけ、他人にひどく嫌われたことはないが、ひどく好かれたこともない。適当な短大を出て、やりたいことなど特になかったので学校に斡旋《あっせん》してもらって就職した。決して良くない給料で、正直言ってこき使われてきたが、そんなものだと思っていた。

銀行の吸収合併がきっかけだったのは嘘ではないが、本当の理由は風呂《ふろ》だった。ある日、くたくたになって仕事から戻るとユニットバスのお湯が出なかった。洗面台と小さなキッチンの蛇口も駄目だったので、給湯器が壊れたのだろう。たったそれだけのことが、日々たもってきた辛抱の表面張力を溢《あふ》れさす最後の一滴となった。ガス会社に電話をかけ修理に来てもらう意欲さえ湧かなかった。何もかもが面倒だった。その夜は化粧も落とさずベッドに潜り込み、翌日どうしても昼過ぎまで起きられず、はじめて無断欠勤をした。ぼんやり起きた午後、パジャマのままベランダに出て、日差しの中で牛乳を飲んだら、何か憑《つ》き物《もの》が落ちたような気がした。静かで確かな解放感があった。

さっぱりしたくて、近所の銭湯に行った。存在は知っていたが入ったのははじめてだ。番台こそ外にあったが、中は子供の頃、実家の風呂を改装したとき通った銭湯とまったく変わっていなかった。古い木の床と壁。高い天井と磨き込まれているとは言えない壁一面の鏡。籐《とう》で編んだ籠《かご》と針のついた丸く大きな体重計。おずおずと服を脱いで湯に向かうと、三時を過ぎたばかりだというのに案外人がいた。もちろん年寄りが多かったが、子供とその母親、自分より少し若そうな女性もいる。黄色い洗面器はまだ使っていることより、まだ製造されているんだと驚いた。大きな湯船に手足を伸ばして入った。壁はさすがに富士山ではなく、タイルでシャガールを模した絵になっていて、その下手くそ加減が可笑《おか》しくてほっとした。のんびり体と髪を洗い、もう一度湯に浸《つ》かり、なめてかかっていたらのぼせてしまって、私はしばらく脱衣所のベンチに簡単にバスタオルをまいて寝そべっていた。

誰も「大丈夫ですか」なんて聞いてこないところをみると、ただ横になっていても、それが許される場所なんだとわかった。ばあさん同士がどうでもいいお喋《しゃべ》りをするのを聞くともなしに聞き、具合がよくなってきたので冷たいコーヒー牛乳を買って飲み、昔のパーマ屋にあったような被《かぶ》る形のドライヤーで髪を乾かし、ついでにマッサージ椅子にも座った。

銭湯を出た頃にはとっぷりと日が暮れていて、唐突で爆発的な空腹に襲われ、私はすっぴんでノーブラのまま目についた蕎麦屋《そばや》に入ってカツ丼を食べた。人の視線がどうでもよくなっていて、ああ私はいろんなことに無理をして肩肘《かたひじ》を張っていたんだなと腑《ふ》に落ちた。

それから三ヵ月ほどは寝てばかりいた。中学生と高校生の時の分（そういえば短大時代はよく寝ていた）、就職して働いていた十年間の眠い朝の分を取り戻すかのように、午後まで寝てぼんやりしてから銭湯に行き、帰りに天丼だのカツカレーだの石焼きビビンバだの今まで自分に禁じていた高カロリーな食事を平らげ、部屋に戻ってテレビを点《つ》けると一時間もしないうちにまた眠くなって寝た。

そんなある日、恋人から突然電話があり、近くまで来ているから出てこないかと言われた。会社を辞める前から連絡が途絶えていたので、てっきりふられたのだと思っていた私は首を傾げながら駅近くの居酒屋へ向かった。恋人というか、付き合っていた男は私を見るなり変な顔をした。驚いたのか、不愉快なのか、がっかりしたのか、とにかくそんな顔だ。

「太ったんじゃない？」

第一声がそれだった。傷つくでもなく「三キロ増」と言ってから私は店員にビールを頼む。アルコールを飲むのは久しぶりだ。冷えたビールが心底おいしく感じられて、大ジョッキの半分を一気に飲み干す。

「会社、辞めたんだってな。先週、野口さんに聞いたんだ」

野口さんって誰だっけと思いながら手羽先を齧《かじ》り、私は頷《うなず》いた。

「毎日、何してるの？」

「銭湯行ってる」

「……それはアルバイト？」

「まさか。通ってるだけ」

しばらく黙ってから、彼は眉間《みけん》に皺《しわ》を寄せて言った。

「大丈夫なのか」

「何が？」

「金とか次の仕事とか。そんな恰好《かっこう》でさ」

確かに会社帰りでシャツにネクタイの彼に比べたら、私の出《い》で立《た》ちはTシャツにスウェットパンツ、足元はビーサンで小汚いかもしれないが、生活費を心配されるほどではないと思う。使う時間がなかったので、貯金は贅沢《ぜいたく》しなければ二年くらい暮らしていける程度にはある。もうちゃんとした恰好をする必要もないのでこんなものだと説明が喉《のど》まで出かかったがやめておいた。私が黙っていたせいなのか、彼が落ち着かない様子を見せはじめた。

「あのさ、まさか俺と結婚して養ってもらおうとか思ってる?」

今度はこちらが驚く番だった。せっかく毎日だらだらしているのに、結婚などかけらも考えたことはなかった。

「全然」

はい、そうなんです、と言われたら困るくせに、彼は肩すかしをくらったような表情をした。それから会話は弾まず、ただつまみを平らげビールを三杯ずつ飲んだ。会計するとき私が一応財布を取り出すと「誕生日なんだからいいよ」と彼が言った。そこではじめて今日が自分の三十一歳の誕生日だと気がついた。「ごちそうさま」と言っても、彼は明らかに怒った様子で背を向け、私達は店の前で左右に別れた。

ひょんなアルバイトをするようになったのは秋口だった。めったに鳴らない電話が鳴り、出たら「野口ですけれども」と女性が名乗った。確か前にも、野口さんって誰だっけ、と思ったなと戸惑っていると、「銀行で一緒だった野口です」と彼女が言い直し、やっと直属の上司だったことを思い出した。みっつくらい先輩で、元恋人を遠い親戚《しんせき》の子だと言って紹介してくれたのもこの人だった。

もう再就職されたかしら、と聞かれ、しばらく働くつもりはないんですと正直に答えた。すると彼女は、厚かましいお願いなんだけど、と前置きして言った。

「急に旅行へ行くことになっちゃって。猫の世話を頼めないかしら」

なんだ、そんなことか、と厄介なことに巻き込まれそうな気がしていた私は安堵《あんど》した。野口さんが言うには、今まで頼んでいた後輩の女の子が結婚してしまって困っているという。プロのペットシッターも東京にはいるが、やはり見ず知らずの人に部屋の鍵《かぎ》を渡すのは抵抗があるそうだ。どうせ毎日暇だし実家にも猫がいるから大丈夫ですよと言うと、彼女は本当に嬉《うれ》しそうに何度も礼を言った。

それから私は野口さんが東京を離れる度、彼女の部屋に泊まり込んだ。転職して給料が上がったらしく、私の粗末なワンルームが玄関にまるまる入ってしまいそうな広いマンションに彼女は住んでいた。姉妹だという二匹のチンチラはおとなしく、私は寝心地のいいソファで一日の大半を猫と一緒にうつらうつらして過ごした。夕方になると探しておいた銭湯に行き、適当な店でご飯を食べて帰ってきた。お金なんて要らないと言ったが、その方が頼みやすいからと日給で五千円もくれた。野口さんの人脈は広く、そのうち彼女の友達も私にペットの世話を頼んでくるようになった。小型犬や熱帯魚もいたが、都会で働く独身女性のペットは圧倒的に猫が多かった。野口さんが言ったのだろう、そんなに要らないと言うのに一日五千円、しかも冷蔵庫の中のものは何でも食べていいと皆言うし、着道楽の人はもう着ないからと新品同然の服まで私にくれた。年末年始も実家に帰らなかったので、私は三軒のペットの世話にまわった。といっても猫に食事を与え、トイレの始末をし、猫の頭を撫《な》でてやり、飼い主に「いい子にしてますよ」と安心のメッセージを電話で伝えればいいだけだった。皆一様にいい部屋に住んでいたので、銭湯の休みの日に風呂《ふろ》を貸してもらえるのも有り難かった。

いつの間にか私は、野口さんやその友人達から冗談めかして「ずっと無職でいてね」と言われ重宝がられた。隙間産業、と思わないでもなかったが、働いているという自覚はなかった。貯金は減らないどころか微妙に増えていた。それでも私は自分の部屋の風呂を修理せず銭湯に通い続けていた。

ゴールデンウィークが終わった翌週の土曜日、野口さんの部屋に誘われた。皆で集まってご飯を食べるので、最近のお礼をかねてご馳走《ちそう》したいと言われたのだ。断る理由もなかったので出かけていった。

彼女達は女子大のゼミのOGで、女性学やフェミニズムを研究していると私はその日はじめて知った。年齢はバラバラだったが、ペットを預かったことがある人がほとんどだったので、そう緊張しないで済んだ。全員よく酒を飲んだので、私もつられて普段よりだいぶ飲んでしまった。

「ねえ、私達は助かってるけど、この先どうするつもりなの？」

いつも柔らかい言葉遣いをする野口さんが、珍しくからむような口調で私を覗《のぞ》き込んだ。

「いえ、まだ何も考えてませんけど」

「それなら、うちの事務局の手伝いをしてくれないかしら。人数も増えちゃったし、ちゃんとしたシンポジウムもしたいし」

「いえ、猫ならいくらでもお世話しますけど、働くのはちょっと」

言葉尻《じり》を濁すと、野口さんは唐突に私の左頰を思い切り打った。あまりに予想外のことで何が起こったかわからなかった。他の人が慌てて彼女の腕を引っ張り私から遠ざけた。

「あなたね。本当は私達のことを馬鹿にしてるんでしょう。きりきり働いてくだらないって思ってるんでしょう」

野口さんが大声でそう言うのを固まって聞いていたら、ごめんね、最近酔っぱらうとああなのよ、と誰かがそっと耳打ちしてきた。私は暇《いとま》を告げて彼女の部屋を出た。

夕方に行った銭湯に、私はもう一度向かった。酔いを覚ましたいというより、ばくばくする心臓を落ち着かせたかった。

もう終《しま》いの時間が近づいていた湯はすいていて、脱衣所もしんと静まりかえっていた。私は置かせてもらっている自分の桶《おけ》と石鹸《せっけん》やシャンプーを持って、好んで座る場所に腰を下ろした。ぼんやり蛇口を見つめ、誰かが湯を使う音や、洗面器を置く音が天井に響くのに耳を澄ます。

「具合でも悪い?」

それほど年齢のいっていなさそうなおばさんが、裸のまま通りすがりに聞いてきた。

「あ、いえ。ちょっとお酒飲んできたんで」

「そういうときは気をつけなきゃ駄目よ。シャワーだけにしときなさいな」

はい、と私は笑って答えた。風呂の修理を頼む日は永遠に先になりそうだった。

三十一歳

半年前、父親が三回目の結婚をした。四十九歳にして二回の離婚経験をし、母親が違う二人の息子をもってして、まだ懲りずに結婚して籍までちゃんと入れるというのはどういうことなんだろうな、と僕は親父を眺めた。食卓で飲むワインに心持ち顔を赤くし、にこにこ笑ってはいるが、内心相当がっかりしているのが手に取るように分かる。

今日は親父の新しい奥さんの三十二歳の誕生日で、会社まで休んで朝からはりきって全部親父が料理を作り、とっくに一人暮らしをしている長男の僕と、他県の高校に通い寮住まいをしている弟まで呼び寄せたのに、いざワインを開ける段になって、新しい義理の母親の母親（つまり義理のばあさん）がぎっくり腰になったと電話がかかってきたのだ。義理ママは大変に恐縮していたが、心配なのでとりあえず様子を見に都下にある実家に帰ると言いだした。車で送ってゆくと言い張る親父を子供のようになだめ「たまには本当の親子三人で水入らずにしていて」と彼女は言い残し、僕達を残してさっさと消えてしまった。水入らずねえ、と僕は胸の内で皮肉に呟《つぶや》いたが、三人目の母親の誕生祝いをするより多少気が楽になったのは確かだった。

親父は残念そうではあったが、息子と三人きりになったことが嬉《うれ》しそうでもあった。しきりに僕にワインを注ぎ足し、食べ盛りの弟に料理を取り分けている。僕は別に親父を嫌いではない。馬鹿だとは思うけれど、どちらかというと好きかもしれない。その馬鹿さ加減があんまりまっすぐで。社会人になって三年、こういう大人の男に僕は会ったことがなかった。

「光二もワイン少し飲むか」

既に一人で缶ビールを二缶空けていた弟に父親が話しかける。十七歳の弟が無表情に頷《うなず》くと、親父は嬉々《きき》としてワイングラスを取りにキッチンへ向かった。

「お前、酒強いな。寮で飲んでんのか」

父親がいなくなった気安さで僕は弟に言った。

「まあね。でも小学生の時から母さんに晩酌付き合わされてたから」

「そうだったなあ。リエママは元気？」

「最近そんなに会ってないけど、電話の様子だとあいかわらず怪獣みたいに働いてるよ」

弟の母親、つまり親父の二番目の奥さんは若い頃に自分で事業を興し、僕が初めて会った時には羽振りのいい女社長で、郊外に大きな一軒家を持っていた。そしてやはり三十一歳だった。その家で僕は十年ほど暮らしたことがある。

僕の母親も三十一歳の時、当時二十二歳だった親父と結婚した。母は速記の仕事をしており、十歳近く年下の親父の収入なんかはなから当てにしていなかった。後から聞いた話だが、僕が生まれてすぐ、女癖の悪い親父を追い出したそうだ。お袋は誰に頼ることなく、一人で僕を育ててくれた。今年五十七になるお袋はほそぼそとではあるが今も速記の仕事を続けており、たまに昼食や休日の早めの夕食を僕と二人で食べることがある。身びいきかもしれないが、レストランで会うお袋は実年齢よりずっと若く見え、優雅で品がいい。だからだろうか、同い年くらいの女の子が僕には子供に見えて仕方なく、実際ガールフレンドに「おばさん趣味のマザコン男」と罵《ののし》られたこともある。僕がお袋の家を出ることにしたのは、中学に上がる直前だった。お袋の再婚が決まり、僕は意外にも淋《さび》しさを感じず、嬉しい気持ちの方が大きかった。速記の仕事は時代と共に減ってきていたし、何しろお袋はまだ四十代半ばで、このまま一生独身でいるのはよくないことだと子供心にも感じていた。再婚相手は実直そうな男だったが、彼を父親と呼ぶのには抵抗があったし、一緒に暮らすのも気が進まなかった。そのことを親父に話すと、今の家は部屋が余りまくっているから引っ越しておいでと半ば懇願された。それも悪くないと思い、僕は親父とその二番目の奥さんと腹違いの四歳になる弟と暮らしはじめたのだ。

女社長の母親はきっぷがよく、当たり前のように僕を快く迎えてくれた。親は両方とも帰りが遅くなることが多かったので、腹違いの弟の面倒や家事を僕は積極的に手伝った。居候の後ろめたさや義務感ではなく、たぶんリエママ（その頃みんな彼女のことをそう呼んでいた）と同じように「当たり前」な感覚だった。弟は口数が少なく、でも友達が多く、手がかからない子供だった。運動神経が抜群に良く、僕とサッカーの真似事をして遊んでいたらめきめきとうまくなり、小学校に入るとすぐ地元のジュニアサッカーチームに入った。僕にとって普通の家庭らしく、それでいて気楽なこの暮らしは十年ほど続いたが、弟が全国でもサッカーで名高い高校からスカウトされ、寮生活をはじめることが決まった頃、親父の数回目の浮気がばれてリエママから離婚を言い渡されたのだ。僕はもう就職していて、そろそろ一人暮らしをはじめる気でいたところだったので不都合はなかったが、親父はまたもや妻の家から追い出されることになり、自業自得とはいえ、その時はかなり落ち込んでいた。

「どうだい、息子達よ」

新しいワインとグラスを手に戻ってきた親父は僕達にそう問いかけた。

「このチキン、うまいよ」

平坦《へいたん》な声で弟が答える。

「料理じゃなくて、新しい俺の妻だ」

僕と弟はそっと視線を合わせた。弟がどう思っているかは知らないが、僕は複雑な気分だった。親父の女の趣味は確かにいいと思う。今度のママはフリーの服飾パタンナーで、若手から大御所のデザイナーまで山のように発注がくるようだ。当然センスが良く、これぞと思った若手の人から安く仕事を引き受けてあげることが多い。つまり有能で優しく美人な三十一歳だったわけだ。

それにしても、と僕は思う。親父はどうして男前で優しい女性を三回も捕まえられたのだろうか。親父は確かに誰が聞いても知っている大手広告代理店に勤めていて、テレビのイベント関連の仕事をしているので、それなりに仕事もできるのだろう。普通の勤め人に比べたら洒落《しゃれ》た身繕いをしているが、胡散《うさん》臭いといえば胡散臭い外見だ。善良そうに見えるし、実際そうなのかもしれないが、ちょっと人を見る目がある人間なら「女好きでしかも馬鹿」であることは一目で分かると思う。なのに三人の女達は、この親父と結婚した。女癖が悪いだろうことは分かっていたはずだろう。それだけが謎だった。

「優しいし、カッコいいんじゃない」

鶏《とり》の煮込みの感想と同じような平坦さで、弟が新しい母親の感想を口にした。そうかそうかと得意げに頷いた親父は、僕の方に顔を向ける。弟と同じ感想でよかったが、何かもう少し言ってやらないとなという気になった。と同時に、ああこれが親父の魅力なのかもなと気がついた。馬鹿だと思わせながら褒めてあげなくてはいけないような気にさせる。

「親父は本当に女の趣味がいいよ。どうやったら三人も、あんないい女を口説き落とせるのか教えてもらいたいな」

半分はお世辞で半分は本気だった。親父はしばし考える顔をした。何か男がモテる秘訣《ひけつ》を聞けるかと思って僕は多少期待した。

「普通にしてるだけだよ。俺にもわからん」

ずっと無表情だった弟がそこで吹き出した。笑いながらテーブルに乗り出し親父の顔を覗《のぞ》き込む。

「ねえ、前から聞きたかったんだけど、どうして三十一歳の女とばっかり結婚すんの。狙ってるわけ？」

「あ、それはある。三十出たくらいの女っていいじゃないか。そろそろ迷いが吹っ切れて、腹がくれてて、でもやり直しもスタートもできる歳だろ」

「手入れしとけば体も綺麗《きれい》だし？」

弟がもう童貞ではないことはうすうす感づいていたが、その一言で確信を持った。髪こそ染めてないものの、母親似の弟の顔は子供のものではもうなかった。しかも将来はＪリーグ入り確実と言われているのだからもてないはずがない。

僕も十六歳の時、童貞を捨てた。墓場まで持ってゆくつもりの秘密だが、弟の母親、つまりリエママに頼んだらあっさりベッドに入れてくれたのだ。一回こっきりのことだったし、その後もリエママが普通に接してくれたのが助かった。変な理屈だが、童貞を義理のとはいえ母親に捨てさせてもらったので、勤め先くらいはと思い、身内に頼らず自分で就職活動をした。今でも親父は「素直にうちの会社に入っておけば年収、倍だったんだぞ」とからかうような嫌味を言う。その度、冗談じゃない、親父の悪い噂なんか人の口から聞きたくねえんだよ、という台詞《せりふ》を飲み込むのに苦労する。

「ところで光二はもう女を知ってんのか？」

珍しく弟と親父は話が弾んでいるようで、親父はそんな質問を口にした。

「半年くらい前。一人だけだけど」

「一人で十分だ。まだ十七のくせに贅沢《ぜいたく》言うな。で、どんな女の子だ？」

そこで弟は薄笑いを浮かべたまま、僕に視線を向けた。最初何を見てるんだ、と思ったが、にやけたままあんまりずっとこちらを見ているのでピンときた。

「年上だろ」

笑いがこみ上げてきて、そう言いながら僕はテーブルの下で弟の脛《すね》を軽く蹴《け》る。蹴り返してきながら弟はグラスに残った赤ワインを一気に飲み干した。可笑《おか》しいほど可哀相で可愛い親父が、きょとんと息子二人を見比べる。

「何が面白いんだよー。パパにも教えろよー」

三十一歳の女はいい。ものがわかっている。僕は横っ腹が痛くなるほど笑い、親父に注ぐワインをこぼしてしまった。僕は親父が嫌いじゃない。この男のおかげで人生が楽しいのだとすら酔いが回った頭で思ってしまった。

小説

離婚するつもりなど、かけらもなかった。離婚しようなどとは本当に思ってもいなかったのだ。なのに私は自ら進んで離婚届を出すことになった。

生きてゆく上で何よりつらいことは、嫌われることより興味を持たれないことだ、というようなことを雑誌のエッセイで読んだことがある。エッセイストにわざわざ教えてもらわなくても「好き」の反対は「嫌い」ではなく「無関心」だということを昔から私はよく知っていた。私は関心を持たれる子供ではなかったし、そのまま大人になった。だから少ない友人を大切にしたし、恋人ができると天にも昇る気持ちと共に、いずれ関心をなくされる恐怖にいつも震えていた。

三十一歳の私は、小説を書いて暮らしていた。といっても自活できるほどの収入はなく、夫と住んでいたアパートを出、実家に住まわせてもらい、冷蔵庫の中の物を食べさせてもらい、かつての兄の部屋だった二階の一室で寝起きをし、小説を書いていた。どこから見てもいわゆるパラサイトシングルだった。いや、まだ離婚していないので、独身者でも出戻りでもない中途半端な身の上だった。外へ出て働ける健康な体があるにもかかわらずアルバイトを全部やめた。それでは慎《つつ》ましく毎日せっせと小説を書いていたかというとそうでもなく、電車で一時間かけて都心に出ては編集者に夕飯や酒をご馳走《ちそう》になり、帰りが遅くなる時はビジネスホテルに泊まったりもした。海外旅行に行くのだと編集者に話した時「いいご身分だねえ」と笑いながら嫌味を言われたこともあった。

夫との生活を一旦《いったん》放棄し実家に戻ったのは、様々な要因が複雑にからみあい、選択肢がそれしかなかったからだった。生活費を完全折半にすると約束した結婚生活だったのに、最初そこそこ売れていた小説がだんだんと売れなくなった。だから足りない分をアルバイトに出て補った。強がりではなく、それは苦痛でなかった。家に引きこもって小説を書いていてはわからなかった新しい世界に触れてどちらかというと楽しかったし、友人もできた。でも現実的には小説に割く時間が激減し、もともと夫は家事をしない人で、それを承知で結婚したのだから私は勤めと家事と原稿書きを黙ってした。でも腹がくくれていなかったせいだろう、しわ寄せはすぐに現れた。苛立《いらだ》ちがつのり、でもそれを正面から夫にぶつけることができなかった。悪いことは重なるもので、その頃夫の方の仕事もバブル崩壊と共に、たぶん収入が減っていたのだろうと思う。推測でしかないのは、私は夫から給料明細を見せてもらったことがなかった。こちらも印税の振り込み通知を見せたことはなかったのでお互い様ではあった。そして減給のわりには拘束時間が増え、夫は毎日くたびれ果てて深夜に帰宅することが増えていた。

家計が最も切迫している時、私は初めて大手と呼ばれる出版社から書き下ろし長編の仕事を依頼された。それがどうしても書きたくて、現実的（だと自分のことを思っていた）な私が、生活費を稼ぐことより、何をおいてもその仕事に没頭したくて我慢ができなかった。だから私はアパートを出た。屈辱ではあったが実家に頼って底をついた蓄えを立て直し、経済的に安定したら夫の所に戻る気でいたし、夫にもそう伝えた。

別居してすぐ、幼なじみの女の子と会う機会がありその経緯を説明すると、彼女は意外にもはっきり言い切った。

「駄目だよ。別々に暮らしたらもうお終《しま》いだよ」

「そうかなあ。ちょくちょくアパートには戻ってるんだけど」

「家をあけたら自分の家じゃなくなるよ。旦那《だんな》さんが女の人を連れ込んでも、家を出たのはこっちなんだから責める権利もないんだよ」

子連れで離婚経験のある彼女が言うと妙に説得力があって、私は背筋が寒くなった。

数カ月もたたないうちに彼女の予言は見事に当たり、荒れ果てたアパートには確かに知らない女性が出入りしている気配が漂いはじめた。そして二人で住んでいる時には他の男性にまったく目がいかなかった私にも、好きな男性ができてしまった。よくは知らないが、夫の新しい恋人は恋人と呼べる程でもなかったようだ。あなたが本気で新しい恋愛をはじめたのなら仕方ないことだと告げると、彼は「そんなんじゃない」と否定した。その時私は頭で考えるより先に「恋愛するならちゃんとしなよ」と声を荒らげた。いつも何か言い返すか憮然《ぶぜん》と黙る夫が、初めてうろたえて絶句するのを見た。私は私で、好きになった男性に直球で告白したところ「だってあなたは結婚してるじゃないですか」と言われて玉砕した。結局一度も手すら握ってもらえなかった。悲しく、もどかしく、途方に暮れたが、その正しさが清々《すがすが》しくもあり、私はその人のことをより好きになり、あきらめないで時間をかけようと決意までした。

それにしても、幼なじみの彼女が言うことは本当だった。距離と心の隙間ができると、なんと簡単にそれを埋めるものが勝手に滑り込んでくるものだろうか。

別居をはじめて何度か夫と話し合った。そして話し合えば話し合うほど、男女の仲は駄目になってゆくことを知った。私は本当に子供だったのだと思い知らされた。嫌いではないがもう私に興味をなくしていた夫は、私が出て行ったことでほっとしたことも確かだと言ったし、反対に、ここは君の家でもあるんだから帰ってきてもいいのだとも言った。

夫と自分の問題を考えたくなくて、私は小説を書くことと、東京に出て一人でも多くの編集者に会うことに時間を費やしはじめた。たまに夫と会って話をすると、どんどん彼が疲れて遠い人になるのが分かった。離婚という単語がいつの間にか二人の間で交わされるようになり、その度に私は不思議な感覚に襲われた。関係を戻したくて、夫の興味をもう一度ひきつけたくて部屋を出たのに裏目に出てしまった。

最後に夫に会ったのは、確か初夏の頃だったと思う。私がアパートを出てそろそろ一年がたとうとしていた。横浜駅で待ち合わせをし、私は久しぶりに会う夫のために、その頃持っていた一番いいワンピースを着て行ったのに、彼は家からそのまま出てきたに違いない古びたジーンズと、誰かのハワイ土産のTシャツを着ていた。もともとお洒落《しゃれ》な人で、電車に乗る時は最低限でもボタンダウンのシャツくらいは着る人だったのに、無精ひげさえ剃《そ》っていない夫を見て激しく力が抜けた。涙が出るのを通り越して、私は陽気にすらなった。

駅ビルの適当な店でパスタを食べた。会話は当然ながら弾まず、私は勝手に自分の仕事の話ばかりしたように思う。新婚の頃から私の仕事に興味のなかった夫は、私自身にもすっかり興味をなくしていたので、話を聞き流しているのは手に取るように分かった。何を質問しても歯切れの悪い曖昧《あいまい》な答えしか返ってこず、私のことだけではなくて、光のない目は何も見ていないように感じられた。

店を出て駅の改札に向かう途中でやっと私は夫に尋ねた。

「それで離婚はするの？　しないの？」

「別に好きにしていいよ」

ぼんやりと彼はそう答えた。好きな男性はできたが、それとは違う感情で私は夫をやはり世の中の男性の中で一番好きだった。けれどその一言が、私の執着の糸をぷつんと切った。結婚してすぐ妊娠した時も、産もうか諦《あきら》めようか悩んでいる私に彼は「好きにしていいよ」と言ったのだ。

そのまま彼は「じゃあ」と別れようとしたので、私は最後の抵抗として「改札くらいまで送ってよ」と言った。曖昧に薄く笑い、彼は一応改札口まで送ってくれたが、自動改札を抜けて振り向くと、夫はもう背中を向けて歩きだしており、最後までこちらを振り返ろうとはしなかった。かつては姿が見えなくなるまでお互い何度も振り返って手を振った場所で。

実家のある地元駅で電車を降りると、家までの延々と続く坂道をめそめそ泣きながら上った。夫があれほど態度の硬化を見せたのは私にも大きな原因があった。たまに着替えを取りに訪れたアパートで、ついでに掃除をすると封を切られたコンドームや歯ブラシが二本あったりして、私はそれを黙って捨てた。歯ブラシに関しては誤解だったらしく、疲れた口調で「いい加減にしてくれ」と言われた。

両親は私が夫とのことを相談しようとしても聞いてはくれず、うまく逃げていた。そこにも優しさの仮面をかぶった無関心があった。だから私は実家で泣くわけにはいかなかった。自業自得なのだから仕方ない。家に帰りついた私はすぐ自室に引き上げ、ラジオのヘッドホンをはめてベッドに横になった。何より恐ろしかったのは、夜、眠りに落ちるまでの時間だった。夫との楽しく幸福だった時間ばかり思い出され、幸せな思い出ほど刃《やいば》になって私を苦しめた。何も考えないですむよう、DJの喋《しゃべ》る言葉を一字一句耳を澄ませて聴き続けた。

翌日の夕方、私は東京での打ち合わせのため、横浜駅から東海道線に乗った。その頃ぼんやりしていると暗い気持ちが襲ってくるので、電車に乗る時は必ずウォークマンで音楽を聴いていた。ちょっとの空き時間が恐くて必ず文庫本も持っていた。ところがその日、東海道線が多摩川を渡った瞬間、自分でも驚く感情が唐突にこみ上げてきた。

何が起こったか分からなかった。ただ突然目の前がひらけ、理由もなくわくわくした。自分が生きていることが、そんな当たり前のことが、実感として押し寄せてきた。

私の小説は売れていなかった。つまり多くの読者に関心を持たれていないということだ。けれど書評の評判は驚くほどよく、少しずつレギュラーの仕事も増えていた。

関心を持ってくれない人に、関心を持ち続けることはできない。夫との歯車がかみ合っていた幸福な時間は終わったのだ。人は過去には戻れない。私の行きたい道はずどんと目の前にあった。食べていけるかどうか分からない。安心な材料など皆無に近かったが、小説の世界には、少しだけれど興味を持って迎えてくれる人たちが居る。失うものは失ってしまったのだから、もう恐い気持ちはなかった。

子供の頃から持ち続けていた愛されないというコンプレックス。長いこと囚《とら》われていたそんな思い込みから小説だけが私を解放してくれた。世界の色が変わった。小説が書ければ一人で生きていけるとすんなり実感した瞬間だった。

片思いは苦しくもどかしい。夫にも、好きな人にも、小説にも。そのもどかしさが自分を動かす宝物だったと私は混んだ東海道線の中で知った。

本書は、二〇〇二年九月に幻冬舎より
単行本として刊行されたものです。

ファースト・プライオリティー

山《やま》本《もと》文《ふみ》緒《お》

平成17年 6月25日　初版発行
令和7年 9月25日　26版発行

発行者●山下直久

発行●株式会社KADOKAWA
〒102-8177　東京都千代田区富士見2-13-3
電話　0570-002-301(ナビダイヤル)

角川文庫 13812

印刷所●株式会社KADOKAWA
製本所●株式会社KADOKAWA

表紙画●和田三造

ISBN978-4-04-197012-6　C0193

角川文庫発刊に際して

角川源義

第二次世界大戦の敗北は、軍事力の敗北であった以上に、私たちの若い文化力の敗退であった。私たちの文化が戦争に対して如何に無力であり、単なるあだ花に過ぎなかったかを、私たちは身を以て体験し痛感した。西洋近代文化の摂取にとって、明治以後八十年の歳月は決して短かすぎたとは言えない。にもかかわらず、近代文化の伝統を確立し、自由な批判と柔軟な良識に富む文化層として自らを形成することに私たちは失敗して来た。そしてこれは、各層への文化の普及滲透を任務とする出版人の責任でもあった。

一九四五年以来、私たちは再び振出しに戻り、第一歩から踏み出すことを余儀なくされた。これは大きな不幸ではあるが、反面、これまでの混沌・未熟・歪曲の中にあった我が国の文化に秩序と確たる基礎を齎らすためには絶好の機会でもある。角川書店は、このような祖国の文化的危機にあたり、微力をも顧みず再建の礎石たるべき抱負と決意とをもって出発したが、ここに創立以来の念願を果すべく角川文庫を発刊する。これまで刊行されたあらゆる全集叢書文庫類の長所と短所とを検討し、古今東西の不朽の典籍を、良心的編集のもとに、廉価に、そして書架にふさわしい美本として、多くのひとびとに提供しようとする。しかし私たちは徒らに百科全書的な知識のジレッタントを作ることを目的とせず、あくまで祖国の文化に秩序と再建への道を示し、この文庫を角川書店の栄ある事業として、今後永久に継続発展せしめ、学芸と教養との殿堂として大成せんことを期したい。多くの読書子の愛情ある忠言と支持とによって、この希望と抱負とを完遂せしめられんことを願う。

一九四九年五月三日